爬進格子，輕鬆寫

打敗作文怪獸就靠這一本

曾文正（小麥老師）著

推薦序一

文／郝譽翔

開啓寫作文的無窮樂趣

這些年常遇到家長一臉焦慮的問我：小孩不會寫作文怎麼辦？該不該送他去補習班？我看著他們徬徨無助的神情，卻往往不知該如何回答才好。

因為這並不是一道簡單的是非題。

我想要反問的是：為什麼要寫作文？是為了升學考試嗎？還是要增進語文的基本能力？送補習班不是不好，但是要選對道路和方法，否則只適得其反，作文越補，腦袋越是僵化。

但我總是匆匆，沒有時間也沒有機會充分為家長們解答。如今讀到小麥老師的這本新書，不禁大喜。小麥提出的一連串關於學寫作文的問題，可以說是句句切中要害：「為什麼要學作文？」「好文章的定義」又是什麼？而「閱讀」和「寫作」之間的關係又是如何？更重要的是，「修辭」和「成語」不是作文的全部。

那麼作文的核心能力又是什麼？小麥老師說：「每一篇作文應該就是進行一次的腦細胞重量訓練。」而最重要的不是為了考試，而是取得「孩子到哪裡都能生存的勇氣與能力」。

如此一來，作文怎麼會不重要呢？因為「根本就是腦袋的重量訓練」啊！

所以，不只孩子需要「腦袋的重量訓練」，父母更是需要。因為思想開通、見解獨到的父母，才能教養出活潑而且富有創意的孩子。不是嗎？

小麥老師說這是一本「請父母詳閱使用的說明書」，我再同意不過了。寫作文，從來不單只是孩子的事情而已，如果父母也能在這條創意的道路上一起並肩同行，那麼不就是處處柳暗花明，充滿了生機嗎？

深深期待有更多的父母和孩子們，能夠透過小麥老師的這本書，一起探索並發現寫作的無窮樂趣。

推薦序二

文／陳櫻慧

爬進格子，輕鬆寫——陪孩子寫的是，生活。

認識小麥老師的緣分很奇妙，透過的就是——文字。

是的，他的文字有種感動人的力量，有一種看得到的真摯與浪漫，更多的還有彷彿就能抬頭望見的夢想；重點是這份夢想並非遙不可及，是落實於生命陪伴生命的真實，用文學熱情傳遞的關懷。

因著這份真摯而結識，循著這份夢想，也引領我踏入作文教學的殿堂，開始與孩子們的每一段用文學相佐相伴的成長歷程。小麥老師的作文引導寫作書籍也是我當時的案頭書，是用以陪伴孩子的重要依循。

依循的不只是教學引導技巧、方法，最重要的是如何用正向的態度陪伴孩子，在寫作這條路上成長前進，並找到自己的書寫道路。作文的好壞實難評斷，但如何藉由家長及老師的鼓勵，讓孩子的觀點能夠成形並發揮，經由每一次的寫作練習，可以漸漸達成抒情寫意、貼近思考，用有邏輯的方式轉化為美學的呈現，使得書寫成為成長過程中的一份禮物。如果，您還不確定可以怎麼樣去陪伴孩子的寫作之路，那這本書絕對能夠提供最真實的觀念與實用的方向。

除此之外，那究竟可以如何引導孩子寫出一篇文章呢？從讀懂命題的核心，到如何選材、落筆、延伸、裁切……等等，還有看待修辭與成語運用的態度及方法，在在都切合寫作練習時最需要的小撇步，就連寫作各種卡關時的攻略，也不藏私的分享，在這本書中都可以找到經由多年陪伴孩子所積累整理的觀點、技巧。主要以四大面向來梳理脈絡，分別是：給家長的觀念（請父母詳閱使用說明書）、動筆前（動筆之前的使用說明書）、動筆後（開始動筆後的使用說明書）及卡關解決（寫作時卡關攻略）。從你需要的內容著手閱讀，每一篇都像良師益友般，用理解孩子的角度，分享點滴觀察與心得，帶著真切的企盼，企盼這些點滴都藉由家長匯流成河，共同滋養著孩子的學習成長之路。

與其將這本書定位在教導孩子如何寫作文，我更感覺到小麥老師一份對文學的喜歡，及對孩子的關懷；看見練習書寫作文時最真實的困境，然後，期許大人能夠是那道光，讓孩子有繼續往前的力量。

推薦序三

文／陳奎瑤

走進格子輕鬆寫～

初次來到教室的爸爸媽媽，常會有些緊張的問：

孩子文章寫不出好句子，

孩子文章沒有用成語，

孩子錯字連篇，

孩子看了很多書，寫不出來、寫不出來……

怎麼辦？他真的寫不好？

他（她）需要老師的幫助！

別緊張！

我常在課堂中看見、聽見小麥老師一派輕鬆的逗得小孩哈哈大笑，然後，說了一聲：「好！開始寫。」

孩子們動筆六十分鐘內完成一篇文章就是「輕鬆寫」。

大人們給孩子們多一點的肯定與鼓勵、多一點的讚美與等待。所有文章需要的元素就會隨著時間與孩子的成長——堆砌出來。

繼《爬進格子，隨便寫》之後期待已久的第二集《爬進格子，輕鬆寫》的出版，我想，不變的依然是小麥老師多年來對教學的熱忱與堅持，幫助孩子愛上閱讀寫作的分享。

楔子——別忘記了，我們都曾是孩子

教作文已經邁入第十四個年頭，想想，人生真的很深奧。

其實我一開始的夢想是想成為一名小說家，如果可以的話，嘿嘿嘿！希望哪天能成為第一個拿到諾貝爾文學獎的臺灣人……，我知道這個夢過於荒唐，但，人不癡狂枉少年嘛。

而如今，我偏離了我的夢想了嗎？

從大三出版一本小說開始，退伍後進入中國青年寫作協會擔任執行秘書，後來成為《時報周刊》採訪編輯，到現在教作文，我的工作一直都與文字、文學相關。這樣想來，我並沒有偏離了自己的夢想，夢想只是轉換成不一樣的形式延續下去。

不過，當夢想的形式轉換成老師這一部分時，我也忍不住想問：怎麼會想去當個作文老師？

回想我過往的求學生涯，雖然稱不上是問題學生，但距離品學兼優好像也遠了點，老師對我是愛有之，恨亦有之；從國小到高中，我一直是個學校各處室會點名呼喚的人物，立功有之，闖禍亦有之。

總之，我是遊走在好學生與壞學生之間的麻煩學生。然後，更麻煩的是，這位麻煩的學生很愛讀書，而且很會寫作文。可能就是因為如此，讓我成為了一名作文老師。

好，我必須承認，一開始是為了錢。別這樣嘛！別急著把書扔到一邊，至少為我的誠實鼓鼓掌嘛！然後好好聽人家解釋。

人生，本來就會有很多妥協，夢想與現實之間的選擇，永遠都是殘酷的習題。當個自由作家，生活精采，但日子很苦；進入媒體工作，日子安穩，但靈魂卻日益貧瘠。

於是在歷經掙扎與追尋之後，我總算找到了一個最完美的平衡：藉由教孩子寫作來協助孩子理解文學的世界。因為是一個文學扎根的工作，我的夢想，我的能力，都因為教作文一件事而重新融合在一起，我好像又回到剛退伍時，那個到處去辦演講、文藝營、寫作班的小秘書。手上寫的，心裡想的，嘴裡唸的、眼光注視的，都是文學。

剛開始，的確有想過賺錢。像什麼吳岳、徐薇、劉毅、高國華，不就靠補習大賺了一筆嗎？只是這樣的想法，在開始教作文之後就煙消雲散了。因為賺錢真的不是我的強項，讓我想要持續教作文的動力，是因為我發現自己能理解孩子們的問題。

因為我沒有忘記自己曾經是孩子。看他們就想到小時候的自己。而這一點，可能就是很多大人的問題：忘了自己曾是個孩子。

我知道，各位父母望子成龍、望女成鳳的希冀；我明白，各位父母踩在期許的壓力與對孩子的關愛這條鋼索的憂慮。這一切都是因為愛。但這份愛的方向是什麼呢？

我不是心理學家，所以我不會假裝專業地運用相關心理輔導的術語或理論。

我就只是個作文老師，一位記得自己曾是孩子的作文老師。

看著他們的時候，我就會想起自己的學生時代，回想起在那個時期，無處發洩的憤怒與莫名其妙的憂鬱。可能你也曾經歷過，也熟悉那樣的年少輕狂與迷惘。我相信，我們所經歷過的，這群孩子也正在經歷，所以我總是想多告訴他們一點事情，跟他們多談談，傾聽他們的夢想與無聊；如果可以的話，也許我可以提供他們一些意見。

真的，除了課本以外，他們還有很多事情要學習。我從以前就覺得大人很奇怪，什麼事說到最後總是撂下一句：「你們長大以後就會知道。」但事實是這樣的嗎？

我記得國中時，我被分到A-班，雖然算是A段班，但卻是A段班中最差的，也就是資優班與放牛班的中間。我有一個朋友被分到B段班，起先他並不以為意，但一次段考之後，他整個人就變了。我還記得那時考完數學之後，我那位朋友喜不自勝地對我說：「數學好簡單啊！」

「怎麼可能，難死了。你是不是秀逗了。」我說。兩人就這樣為了題目簡單與困難爭執了起來，最後我們兩人拿出了數學考卷來比對，這才發現我們兩人考的題目不同，就在我們驚訝於試卷差異時，他注意我的考卷上方有個A字，而在他考卷同樣的位置，則有一個B字，我永遠都不會忘記他的表情，那是集合了羞慚、無奈，憤懣的表情。之後再碰到他，他已是學校裡的問題學生了。打架、鬧事，甚至還傳出他打老師。大學畢業後，我在夜市裡的一家鹽酥雞攤上遇見了他，沒錯，他是老闆，那一天，我吃到人生中最豐盛的豪華的鹽酥雞全餐。

別誤會，我沒有想灌你什麼浪子回頭金不換的雞湯，更不是在控訴那個時候的教育制度。我只是在想，如果當時有人肯對他解釋這一切，告訴他除了讀書他還有別的出路；如果當時有人肯給他安慰，我在想，他或許就不會多繞了那麼多冤枉路。我們那時候才十四歲啊！怎麼去處理那種被放棄的憤恨？

很多事情不是天生就會的，但有些家長與老師會幫孩子過濾他們認為不用懂的事，有的甚至會試圖打造一個無菌室。有些人是自以為是專制，有些人則是認為不想給孩子壓力。「我是為你好。」最後總是這樣的結論（你是不是也是從小聽到大），然而事實是，無論你願意不願意，孩子以後終究要面對這些事，而且絕對不會在認可的時間裡。我們不讓孩子來問我們，或者我們沒有給孩子很好的建議與答案，又或者是完全否定他們所面對或想做的事。孩子就會照自己的方式來解讀，用自己的意思來處理。你認為這樣有比較好嗎？回想你我的年少歲月，我想答案很清楚。

說真的，教作文很有趣啊！作文不像數學、物理、化學等科目，總有一定的範圍以及標準答案。這是我想要做的事。作文沒有標準書寫模式，也找不到命題的範圍，你只能努力去擴展自己的生命經驗，用心去感受每一件事物，並對世界充滿好奇。作文寫到最後，往往就是自我的探索。

真的是如此！寫作本身就是一件需要沉澱的事，對照自己的創作歷程，那真是一趟豐富而有趣的旅程。

請別誤會，我沒有要把學生教成文豪或哲學家，如果他們有意願的話，我也不反對。只是對我來說，教作文不只是單純地著力在寫作這一塊，我也在訓練他們思考、觀察，還有更重要的，就是提供他們一個說話、溝通的管道。我覺得我不是在教作文而已，也在幫他們找尋人生的方向。

這一直是我想跟各位家長分享的。寫作本來就是表達自己的立場，說明自己的看法、抒發自己的情感，所以寫作是所有人性的投射，是我們對自己與其他人的期待。

所以在上作文課的時候，我看到的不只是寫作的問題，還有每一個孩子他在成長上所碰到的困惑，還有每一位父母的無助。

不要忘了，我們都曾是個孩子。這是我想提醒各位父母的。

很多父母都說不想給孩子壓力，但怎麼可能呢？回想一下，我們的人生不就是在重重壓力下淬鍊至今？

壓力沒有不好，璀璨的鑽石正是因為壓力而誕生。所以真正的問題不是壓力，而是當孩子在面臨壓力的時候，身為父母的你所扮演的角色為何？

這個問號很好解決，只要想想當你是個孩子的時候，你在想什麼？做什麼？我相信只要你從這個角度去思考，你就能同理孩子的處境。然後從這一點上，去理解、去欣賞，去接受他的一切，包括錯誤。

有看過沙林傑的《麥田捕手》這本書嗎？書中的主人翁荷頓曾說過這麼一段話：「我老是想像有一大群小孩子在一大片麥田裡遊戲的景象……而我站在一個非常陡的懸崖邊。我幹什麼呢？我必須攔住每一個向著懸崖跑來的孩子，那就是我要做的事，我要作個麥田捕手。」

這也是我想要做的事，所以除了教他們寫作文，我也希望能跟他們多聊聊，給他們一些建議，在死巷子前面微笑地告訴他們：「此路不通，但你們盡管試試。」在他們覺得迷惑、憤怒時，告訴他們一些關於迷惑、憤怒的故事。

我也希望能讓多一點大人來懸崖邊，攔住任何一個因為玩過頭而衝向懸崖的小孩。讓我們一起看著孩子在文字中遊戲，別著急，給他們一點時間、空間，給他們多一點自信，你就會看到孩子驚人的成長。

其實滿好玩的啊！看著這些小朋友仰著脖子聽你說故事，聽到你的稱讚而露出的笑容，還有各種奇異的幻想，其實真的滿好玩的。你會發現，你的孩子有多愛你，還有，你有多愛你的孩子。

我希望自己成為一名麥田捕手，我也希望各位家長跟我一樣一起成為麥田捕手。

千萬別忘了，我們也曾經是孩子。

目錄

第1章

請父母詳閱使用說明書

鼓勵永遠是最好的方式，我們應該幫助孩子建立信心，而不是建立自己的優越感。我們都曾是小孩，也都害怕被嘲笑、輕視，想想那時的自己，不也是如此嗎？

誰說一代不如一代

直接破題：一代不如一代……嗎？如果答案是肯定的，那這個世界到底是怎麼進步的呢？

這是很久以前的故事了。有一次我偶然在電視上看到某個談話節目在聊補教人生。節目中找了幾個所謂的補教名師，暢談自己的創業過程。其中一名作文老師，他滔滔不絕地陳述現在國小學童的作文有多麼糟糕，他甚至還舉出了例子：一個小孩用「況且」造句，他寫道：火車經過山洞，況且況且……。

此刻，現場所有來賓笑得東倒西歪，接著是一片嘆息。大家開始七嘴八舌的痛陳下一代可怕的作文，當然囉，還有自己身為父母的用心與無能為力。然後大家開始回憶起自己小時候關於作文豐功偉業（如果真的有的話），一代不如不一代啊！這是想當然爾的結論。

但我從來就不覺得一代不如一代，因為若然如此，世界何以進步？所以我很好奇，爲什麼我們總要嘲諷我們之後的世代？科技愈來愈發達、社會愈來愈進步、技術愈來愈創新、各個領域也因爲不停的探索而愈來愈寬廣。明明我們就活在一個愈來愈進步的時代，爲什麼要說一代不如一代？

因爲權力吧！我想。因爲我們變成大人以後，就習慣性地想掌控一切，請原諒我接下來要說的話有點重，但我覺得我們好像非得用透過貶低下一代這種方式，來證明自己的價値。

電視裡的那群人就是這樣。

當時，我眞的很難過，爲那個被嘲笑的小孩難過，如果我是那個小孩，大概會從此不敢碰作文了吧！這已經不是第一次了，很多媒體總習慣把孩子的作文拿出來做文章，但我眞的不明白這有什麼好笑的？

朋友要我別生氣，他對我說那只是節目效果。但不就是一代不如一代的傲慢心態嗎？這樣的心態使得我們總是站在批判的角度來面對孩子的作文：文不對題、辭不達意、胡說八道、鬼話連篇，總之就是一個字——爛！

但我認爲，孩子的作文最可貴的地方，就在於他們的想像與創意。

所以我覺得這個造出「火車經過山洞，況且況且……」的小孩很棒。他造的句子畫面感好強啊！大家一看到這個句子就明白這句話的意境。我曾跟幾個老師聊到這件事，他們也都很欣賞這名孩子有趣的創意。

我們爲什麼不能欣賞孩子的創意與想像呢？他們的世界很有趣啊！我眞是不懂那些所謂名師與來賓在笑什麼？難道身爲父母、師長的價值就建立在摧毀孩子的信心上，還是把小孩妖魔化後，才能證明自己有教導的地位？

這個小孩的句子很棒啊！他把聲音與文字做出了連結，他進而延伸想起自己坐火車的經驗。這很有趣啊！他知道如何捕捉聲音耶！雖然況且一詞不是這麼用的，但我們可以用更好的方式告訴他，我們可以在嘲笑他之前爲他的創意與想像拍手，因爲他已經向這個世界往前探索了一步。此時的他，只要我們伸出手，他就敢再往前邁一步。

結果呢？看看我們做了什麼。大人自以爲是的傲慢嚇得他退回去了。想到這裡，我就覺得難過。

鼓勵永遠是最好的方式，我們應該幫助孩子建立信心，而不是建立自己的優越感。我們都曾是小孩，也都害怕被嘲笑、輕視，想想那時的自己，不也是如此嗎？

我想起自己親身的一個故事：

在信義區某一家安親班中，一群小朋友上完了第一堂作文課，其中一位小朋友興奮地把自己剛寫好的作文拿給媽媽看，結果媽媽皺起眉頭，開始挑起錯字，小朋友的臉色也從興奮轉爲失望……。

在現場目睹這一幕的我，心裡很不好受，回到家我整晚還在想這件事，於是我隔天寫了一封信給那位媽媽，那封信的大意，是她的孩子在短短四十分鐘左右完成了一篇文章，無論文章寫得如何，都應該要爲孩子的努力與成就喝采。

以下就是我寫給家長的信：

親愛的家長您好：

在您們翻開孩子的作文準備閱讀時，希望您能先肯定孩子的努力，請您欣賞他，而不是評斷他。很多父母在看孩子的文章時，總是急著批評：怎麼寫錯字了、字太醜了、在寫些什麼東西啊……。我相信，您的出發點是善意的，您的批評是正確的，但這些善意或正確，往往就是孩子的壓力。

您的掌聲可以鼓舞孩子寫下去，您的誇獎會讓孩子寫起來更有信心。所以請您在閱讀孩子的作文時，先肯定他的付出，那些字句、那些想像，都應該被珍惜才是。因爲錯字可以糾正，字跡可以練就，但失去了動力與信心，就什麼都沒有了。

我想說的是，我們當然可以批評孩子的作文，但不要苛責他們；我們可以要求他們的作文，但不要勉強他們；最重要的是要鼓勵他們，讓他們因此有勇氣去嘗試，而這不正是你我所希冀的嗎？

讓我們站在鼓勵的一方，讓孩子勇敢寫出他們的世界，他們的想法，只要有耐心，你就能看到孩子的進步。

從來就沒有一代不如一代這種事，說這種話的人，倚老賣老的窮酸居多，多麼慶幸你和我都不是這樣的人。

不是鼓勵就好

孩子是需要鼓勵的，這一點，我相信很多你也認同，但有時候，有些家長會覺得怪怪的，好像孩子對自己的讚美沒有太大的反應，有的甚至還會翻白眼。

鼓勵沒有用嗎？

當然不是，只是，並不是鼓勵就好。

如果你是一位舞臺劇演員，在演出時，無論你演得多麼賣力，臺下就是沒有什麼反應。等到謝幕了，才聽到觀眾的掌聲，你會不會覺得有些氣餒？

如果演員是你的孩子，而你是觀眾，你想你的孩子會不會挺失望的？

這個例子解釋了爲什麼有些家長拚了命地鼓勵孩子，卻感受不到孩子因爲這樣的鼓勵而動力十足的原因。

的確，鼓勵很重要，但不要以爲凡事只要鼓勵就好了，事情才沒有那麼簡單呢！因爲誠意才是最重要的關鍵。

有些棘手的感覺嗎？畢竟誠意是天底下最寬、最廣、最深奧的字眼。我們換個話說好了，把誠意改爲有效的參與。

在解釋什麼是有效的參與之前，我們先來想像一個情況。如果今天你完成了某一樣作品，不管是一篇文章、一幅畫、一道菜……，總之，是你花費心力完成的某一樣成品，你很興奮地拿給別人看，希望能聽到別人的意見時，對方回答的是：「還不錯。」或「還不錯哦！」你會覺得很開心嗎？

我相信大多數人都有一種被澆了一盆冷水的感覺。還不錯！這三個字好像怎麼聽都覺得沒有誠意，好像有一種不耐煩的感覺，一點也沒有認眞看，只是隨口說了這三個字，覺得無害又能打發他人，聽起來就是一整個敷衍。

很多人都不喜歡這種被應付、打發的感覺，當然也包括孩子。

容我再提醒一次，不要以爲小孩不懂，大人有的大部分感受，小孩也能體會，甚至比大人還要敏感。小孩不懂的是如何處理這些情緒，他們不像我們一樣，會給自己找臺階下，會自我安慰。所以你一旦用這種打發的心態去看孩子的文章，很容易讓孩子受傷。

「我沒有啊！我每次看我家孩子的作文都是誇獎他啊！而且是很認眞的誇獎他啊！」有些家長可能會這樣說。但鼓勵並不是誇獎，它也包含了批評。

孩子一定會想知道大人的意見，他們渴望被讚美，但更希望感受到大人認眞對待他們的成品。所以只會說很好、還不錯，這根本是無效的參與，孩子會覺得你沒有誠意，要知道除了鼓勵，你還可以提出更具體的意見，幫助他們更好的意見。

鼓勵很重要，但除了鼓勵，我們更要爲孩子指出更美好的可能，不要讓孩留下：「又是很好，每次都說很好、很好，每一次都是這樣。」的印象。

這就是有效的參與，就是如此。你不只要鼓勵學生寫，更要認眞欣賞其中的好與壞，然後很仔細地把這些意見整理出來，告訴孩子：很好，但如果有……的話，你一定會更好。接著在文章中去示範更好、更美的可能，這樣才算是眞正的鼓勵。

好話誰都會說，但沒有重點，一點也不認眞的好話，那不過是空洞的敷衍。有些家長就是犯了我多年前的錯誤，一味地鼓勵，一味地讚賞，以爲那就是幫助孩子。但事實上，你根本不知道孩子寫的文章好在哪裡，搞不好心中根本不這麼認爲孩子寫的文章有哪裡好。只是用一些空話來帶過，那是不對的，孩子需要的不只是鼓勵，還有你的看重。你很認眞地對待他所寫的文章，用心地欣賞、體會他的想法，這就是一種最大的鼓勵。

只要你的意見很中肯，而且是站在鼓勵的角度，孩子都會樂於接受，因爲他們最需要的不只是掌聲，還有是我們認眞的看待。

別以爲孩子不知道你隨意的評論，當你一而再，再而三以「不錯」來了事的話，孩子會對你的意見愈來愈麻痺，等到他們不再在乎你的意見之後，反應與要求對他們也跟著失效了。

我們不該過於嚴厲，但也不能一味鼓勵，我們要做的是不只要增加孩子的信心，更要幫他們在能力範圍內確立一個目標。有效的參與，聽起來很專業的說法，說穿了，就是用心。相信我，孩子什麼都知道，如果你有誠意的話，他們一定會有所感受。

孩子沒有那麼弱，所以我們大人也不該那麼懶啊！

你擦掉的，是孩子的熱情

曾經有這麼一個學生，活潑、好動，功課也算不錯（嗯！以我的標準來看啦），但對於寫作文有著一種極大的厭惡。在引導的時候，他的反應很好，發言也極為踴躍，看起來、聽起來，好像有很多的想法，「嗯！不錯。」我這樣想著，等一下他應該能寫出有趣的文章。

結果，他的表現出乎我的預料之外。大約四十五分鐘的寫作時間，他竟然有一半的時間在發呆，提醒他，他就寫幾個字。我發現，他的心完全不在作文簿上，鉛筆對他來說似乎有千萬斤似的，重的難以提起。

當然，我不可能任由他這樣子。在經過幾堂課的交鋒後，這名學生總算肯寫了，而且逐漸合乎我的目標，雖然他還是很容易分心，好像教室中的任何事物都比寫作文來得有趣，但寫作的情況好多了。

在孩子閒聊之後，才發現用有趣、無趣來衡量學生對寫作文的感受，根本就是我以自以爲是的輕描淡寫，他對作文簡直是恨透了！不只是作文，還有國文。只要是要動筆寫字的作業，一律排到最後。

到底怎麼回事？一個小孩竟然會這麼害怕國語與作文，這眞的讓我感到很神奇。

一個星期之後，在與家長溝通的過程中，我終於知道了答案。

「老師，你不覺得我兒子有些句子不通順嗎？」

不通順的意思是……。

「就是怪怪的，沒有用什麼修辭，就像說話一樣，沒什麼意思啊！」

所以……。

「我就擦掉他的文章要他重寫啊！」

難怪，原來如此。一切謎底都解開了。我碰到了一位橡皮擦媽媽。

所謂橡皮擦媽媽，顧名思義，就是拿著橡皮擦把孩子寫好的作業一擦再擦，直到滿意爲止。

但，眞的能滿意嗎？媽媽苦笑了一下，沒有再說什麼。

這並非是我第一次遇到橡皮擦媽媽，只是以前遇到的主要版本主要是針對字不好看這件事。提到字好不好看這個問題，我就很尷尬了，因爲我的字醜，所以要求學生的字要漂亮，我眞的是沒有立場。

但因爲字不漂亮就要孩子全部擦掉重寫，好像也極端了點。然後現在又出現了橡皮擦媽媽2.0，只要文章不通順就要孩子擦掉重寫，好像也太嚴厲了點。

我知道孩子要教，我更可以理解父母的心情，只是這樣眞的好嗎？從故事裡這位媽媽的苦笑來看，答案似乎很明顯。

一手漂亮的字與功課之間，到底有什麼關連？所謂文章的通順又是基於什麼標準來認定？

我能理解寫得一手漂亮的字，的確可以增加別人對自己的好印象；就課業來說，字工整漂亮，不但能讓老師印象深刻，也能表現出對課業的用心。把字寫得美美的，的確是件好事。但如果把寫字視爲功業的全部，那就有些誇張了。

至於什麼才算是一篇通順的文章呢？是敘述清晰有條理，還是因果關係邏輯正確，或者詞藻華麗，其實並無定論。但根據以往的經驗，我想可能有更多的家長認爲所謂的句子不通順是缺乏優美的修辭，或是不認同孩子書寫的主題。

無論是字的美醜或文章內容的通順與否，其實都是大人的認定。問題來了，我們又是基於一個什麼樣的標準來做這些認定？

不是不能要求，但要求要基於理解、基於認同，而不是基於個人感覺的抹殺。原諒我用字重了一點，但不考慮到孩子的自尊和心理反應，而抹去了他們的努力，這樣只會適得其反，因爲，我們都不喜歡自己努力的成果遭到否定。

要求孩子字寫好看，這不是錯事；要求孩子文章寫得更優美一點，當然也應該，只是家長可以另外找時間讓孩子練習，而非摧毀孩子的努力。我想，橡皮擦的目的是改正錯誤，而不是成爲一種懲罰工具。沒有人喜歡被否定，如果你有個橡皮擦老闆，我想，你也會瘋掉吧！何況那只有十歲左右的小孩，我們要怎麼要求他們堅強？

一再地重寫，容易使孩子失去學習的興趣，也喪失自信心。我們應該給孩子犯錯的空間和學習的機會，而非一味按照著自己的期許與盼望，謀殺了孩子的求知欲望和學習動機。

欣賞孩子獨特的想法

每個人都有自己的想法，從這個角度看，作文只是一個展示自我想法的舞臺。在這個舞臺上，只要是在不惡意傷害他人的前提下，每個人都有權發表自己的想法。這裡的每一個人，當然包括小孩子。

然而很奇怪的是，我們很喜歡干涉小孩的想法，「你很奇怪耶！為什麼要想這些有的沒有的。」「你是笨蛋嗎？想這些有什麼意義？」「少無聊了，想些有用的。」這是我滿常聽到的大人訓斥。

是嗎？不能這樣想嗎？想法也得照規定來嗎？

在回答這個問題之前，容我花一些時間講一個眞實的例子。

有一次課堂上的書寫主題是〈生病的時候〉，這種闡述個人經驗的題目，對一般小朋友來說並不困難。在這樣的命題之中，我最期待的就是學生對生病這件事的觀察與描述，如果可以寫出病痛的感覺與生病時的感受，那就更棒了。然後有位小女孩的開頭讓我嚇了一跳，因為她寫著：我最喜歡生病了，因爲發燒的感覺很好……。

我得承認，剛看到她這樣寫的時候，我很訝異。我相信一般人看到這樣的開場都會很訝異。我笑笑地問她：「眞的嗎？」女孩用力地點點頭。「好吧！」我心想，就看她接下來怎麼完成吧！

這樣的開場，之後的走向是有很多可能的，也許她只是從反面點題，「如果眞是這樣，那就太神了。」我心裡這樣思忖著。如果她只是想要嘩眾取寵，我相信接下來她的文章會很難寫下去。

但出乎我意料的是，她完成了，而且寫得還挺有趣的。文章中還提到她對繃帶那種像綿花柔軟觸感的喜愛，還吃到有草莓口味的藥粉。

是啊！誰規定一定要討厭生病的，生病之後覺得很開心不行嗎？這個孩子正以一種獨特的方式展現對這個世界的探索，爲什麼要否定她？爲什麼要急著把她的想法納入框架之中。她有權寫出屬於她對這個世界的看法，隨著年紀、經驗的增加，她還有改變的可能，爲什麼現在就要以對錯、正常與否來評斷她的念頭？

對我來說，這是一個很值得珍藏的經驗。我們口口聲聲說要尊重要孩子，其實我們還是有設限的。孩子的想法千奇百怪，這是他可愛的地方。我們大人因爲成長歷程的關係，或許會不認同，但我們又何必質疑孩子的奇想。

其實這些很有趣、很獨特的想法，都是孩子未來最重要的寶藏。這不是隨便說說而已。其實作文比的是想法，誰的想法比較有趣，誰的觀點比較獨特，甚至還會影響到表現手法，對很多作家來說，這個就叫做靈感。

我們去保護孩子這些千奇百怪的念頭，保存的不只是有趣的回憶，更重要的在於鼓勵他們用自己的方式去思考、去理解，進而養成自己的思考系統，進而融會成觀點。這是寫出一篇好文章最重要的核心價值：讓人眼睛為之一亮的觀點和想法。

這些觀點與想法，正是讓孩子的文章脫穎而出的關鍵。試想，每一個人的想法都差不多，寫出來的文章也就差不多，大家都一樣，這究竟有什麼意思？

而且在這樣的探索過程中，孩子會為了證明自己的觀點是對的而學到更多，想得更多，更重要的是，他們也會變得更加勇敢而有自信。

大人最擔心小孩的想法跟人家不一樣，以為幫孩子置入主流社會的想法才是安全的、正確的，因為我們擔心孩子會因為不一樣而遭遇挫折、打擊，甚至是危險。但我們否定孩子的異想世界，我們希望孩子跟一般人一樣，其實會不會正在剝奪他們成為更獨特、更強大的可能。

欣賞孩子獨特的想法，這很重要，抱持著這種態度，身為父母的你會覺得輕鬆許多。以欣賞孩子特別想法的角度去看他們的作文，你會發現還挺有意思的。試試看，眞的，你會發現孩子迷人的異想世界。

等待，不是浪費時間

時間，永遠是最重要的參數。任何事情的成敗都與時間有關，所以控制好時間，我們就能順利完成任何事。

包括學習。

通常我們提到時間，總是會連想到效率。所謂控制時間，就是有效率地使用時間，尤其在處理孩子學習的相關課題。

因爲效率，我們總是要求孩子的動作要快。因爲快，才能在時間內完成各項要求；因爲快，孩子就能學得更多；因爲快，才是有效率。所以對所有科目、才藝，我們總是希望孩子快一點完成、快一點學會。

只是，學習並不是田徑賽，快不是唯一的答案，尤其是作文。

我曾經教過一個很文靜的音樂班女生，非常乖巧，但她寫作文的速度很慢，別人花一個小時就能寫完的文章，她可能要花超過一倍以上的時間，而我能做的，就是靜靜地等待。

五點到七點的課，我幾乎每一次都爲會因爲她而等到八點多才能下課，她的父母爲此一直跟我抱歉。但沒什麼好抱歉的啊！學生有心要完成自己的文章，當老師的是有什麼好抱怨的？

當然，我也曾經問她是不是題目過於困難？需不需要把原來題目的要求做某種程度的調整？女孩沒有說什麼，只是張著大大的眼睛看著我，然後搖搖頭。那眼神，是一種決心，更是一種驕傲：我只是慢，但我可以做到。

很好，我喜歡這種魄力。妳就寫下去吧！我可以等。

就這樣過了一年之後，學生的寫作速度變快了，內容也變好了，她的父母拿著她的週記來道謝，裡面寫著：謝謝作文班的老師願意有耐性的等我，讓我可以好好的寫作文……。

這有點難爲情，因爲我沒有想到，現在竟然連等待，都能讓學生感謝。我什麼都沒有做啊！辛苦的是她，努力的是她，不放棄的也是她，而我做的就只是在一旁靜靜地等待而已。

然而，這竟是很多大人缺乏的能力。我們都喜歡快一點，習慣快一點，好像只要快一點，就是勝利，就是贏家，就是一切。但，我們願意等待美麗的花朵盛開，我們願意等待一杯好咖啡的芬芳，我們願意排長長的隊伍等待傳說中的名店，我們甚至都同意，這世界上所有美麗的事物都需要等待。但，為什麼你、我卻不肯停下來等待自己的孩子？

當你靜靜的陪在孩子的身旁，微笑的等待他完成他的工作，你知道這對孩子來說，是多麼讓他們安心的事情嗎？因為你的一個眼神、表情，都會牽動孩子的心情。

你的等待對孩子來說，就是一種寬容，因為他知道你沒有生氣，所以他知道自己不用害怕。對每一個孩子來說，家長的反應永遠是最重要的，每一個孩子都想成為父母的驕傲，每個孩子都想得到父母的肯定，你身旁的孩子是這樣，我們小時候也是這樣。

大人的一個翻白眼，一聲輕啐，孩子都會嚇到直打哆嗦，因為他覺得你生氣了，讓你失望了，在這種情況下，孩子還能做好什麼或完成什麼？

當你靜靜等待的時候，孩子知道你不會生他的氣，他無需擔心、害怕，因為你的耐心已經向孩子表明：慢慢來，沒關係，我陪你。這是非常重要的承諾，因為孩子明白你不會放棄他。

學習需要動力，但也需要安全感啊！

這個世界總是很匆忙，我們急著向世界提取資訊，世界也急著要我們趕快做出決定。每個人好像一秒鐘都幾十萬上下似的，跑來跑去，忙東忙西。工作可能需要如此，但與孩子相處，你也要這樣嗎？

等待是面對孩子最重要的一種能力，耐心是讓孩子在面對挑戰時，最有安全感的一個憑藉。我們總是說，時間應該浪費在最美好的事物上，而把時間浪費在自己的孩子身上，這不是最美好的事嗎？

第2章

動筆之前的使用說明書

作文的重要性，在於它是一種綜合能力的展現，透過寫作的訓練，可以培養出歸納、整理、分析的能力，一言以蔽之，作文是思考能力的一種訓練，是最核心的能力，是眾多學科的基礎，最重要的是，作文力會跟著你一輩子。

為什麼要學作文？

先說結論：作文力，是受用一輩子的能力。

但很多家長認爲作文很重要的理由，可能跟我的結論不大一樣。當然，他們是認同上述的結論，只是，大家更在乎的，是考試。

在考試制度的大纛下，作文在所有人的心中有了極大的份量。是的，作文很重要，如何寫好一篇能拿高分作文不再只是一個答案，更是愈來愈多家長的共識。以前我會覺得這很悲哀，因爲大考要考，所以家長才會重視，但如果作文不納入考試的話，那又會是什麼樣的情況呢？

還好，要考作文，這樣大家才會重視作文能力。

因爲作文眞的很重要。這並不是因爲我是作文老師。作文是一種綜合能力的展現，透過寫作的訓練，可以培養出歸納、整理、分析的能力，一言以蔽之，作文是思考能力的一種訓練，是最核心的能力，是眾多學科的基礎，最重要的是，作文力會跟著你一輩子。

說眞的，我們之中大部分的人在長大以後，大概沒有什麼機會使用到三角函數，最有可能運用數學的部分，大概就是跟賭博有關的機率問題，你知道的嘛！反正就是有中跟沒中嘛！百分之五十囉！物理、化學就更不用說；生物，可能以後有去動物園再說吧！有些人搞不好連英文都不需要用到，反正有google！

只有作文，在絕大部分的情況下都需要。

醫生，寫診斷報告或相關研究時，需要作文。

科學家，把實驗的成果化爲文字，當然需要作文。

警察，要製作筆錄向法官和檢察官說明，毫無疑問，需要作文。

上班族的企畫或報告，都是作文。

小7、咖啡店工作，可能還是要填寫相關的紀錄報告，甚至還要參與文案書寫，會寫作文，得分。

用通訊軟體聊天、在社群媒體PO文，絕對要靠作文。

好吧！那我當個乞丐可以吧！當乞丐總不需要作文能力了吧！

先別說想要當乞丐的這份企圖心是怎麼一回事，但想要博取大家的同情，乞丐還是需要作文能力。比如說，在地上或牌子上寫出悲傷又引人同情的句子吧！

大部分的工作，或者說人生，都需要作文，容我再強調一次，因爲作文就是一種思考與溝通的能力。作文好，思路就會清楚，你試著回想一下，以前念書的時候，班上功課好的同學，作文都不會差到哪裡去；當然也有作文能力很好但功課不好的同學，但那是因爲他們把心思都放在功課以外的地方。

爲什麼作文力對思考有這麼大的影響？爲什麼說作文是綜合能力的展現？那是因爲寫作的過程中，要運用到許多能力。

很多人都對寫作有個錯誤的觀念，以爲作文所展現的是文字的運用能力。這是倒果爲因的說法。作文所展現的是一個人對這個世界的觀察，對事物的看法，感情的抒發，而文字只是展現觀察、看法、感想的工具，所謂詩以言志，古人作詩也是要表達自己的想法。所以一味地追求華美的文字，在某種程度上，其實是捨本逐末的。

作文有一個操作過程：寫作是透過觀察，然後經由個人美學的轉化，最後以文字展現出來的成品。

這句話說得很簡單，但其實它有某種難度。

首先是觀察能力的建立。觀察是寫作的第一步，從眼睛、耳朵、鼻子、皮膚去接收世界的一切。簡單來說，就是資料的收集。很多父母都會說：「我小孩寫作文時，肚子內沒有什麼東西。」肚子內要有東西，就需盡可能地集一切資訊，觀察是最好的方式。

很多父母都認爲看書是作文的基礎，是讓孩子肚子有東西的唯一方法，所以拚命要孩子多看一些書。但這個世界才是作文的基礎。並不是說多讀書有錯，多讀書很好，但讀書也是屬於觀察的一部分，正所謂「讀萬卷書行萬里路」，看看這個世界其他人做什麼？在想什麼？大自然怎麼運作？萬物怎麼生活。鼓勵孩子去多看、多聽、多想這個世界，會比看書更有用。

觀察除了用眼睛看，還得用心去體會，最重要的，就是要好奇。有了好奇心，才會想去了解、去想像，進而去記憶。

接下來，這些儲存於體內的各種資料，要透過一些轉換才能化爲文字。美學就占了非常重要的關鍵。美學是一種比較模糊的說法，其實就是歸納、分析，找出最適合的文字與表現手法。在這個過程中，閱讀是一個有效的媒介，藉由觀看別人的寫作方式來增長經驗，但別誤會了，不要把閱讀當成唯一的方式，更不要一味地要求孩子複製，甚至背誦所謂美好的文句。美學的建立是在個人的經驗上，那是一個緩慢的過程，而非單純地以複製就能達到的。許多孩子覺得作文很無聊，正是因為我們總要他複製我們認為不錯的文章。

別誤會，複製是對的，因為它是一個歷程。舉凡世界知名的作家，其寫作歷程都是從複製自己心儀的作家開始，然後慢慢找出自己的風格。我並不是在討論如何讓您的孩子成為舉世知名的作家，當然，如果他有意願的話，這也不錯。我想強調的是，複製不是學習的全部，背下好文章、仿做句子，可以，但把這些當成一種成就，那就是錯誤的了。

你只想要讓孩子寫一篇像某某某的作文，還是希望他完成一篇有自我主張、意識、見解的文章？

美學的提升與建立，其過程沒有一定的時間表，而且需要經過討論、辯證，一次又一次批閱的意見交換中，慢慢地建立孩子的目標，柔柔地提醒孩子去追求，絕非一蹴可幾。

從討論中，幫助孩子凝聚想法；從辯證中，釐清孩子思考上的盲點；從每一篇作文完成後的批改中，協助孩子明白還有更好的可能；從模仿中，逐漸找出最適合自己的寫作風格。

經過這些歷程，孩子就能透過寫作，清楚地理解自我與世界的價值；透過寫作，可以讓孩子看到更深、更細的地方，想到更不一樣的角度，創造出更獨到的見解。我相信，你也會認同，因爲這是比分數更重要的事。

作文最重要的就是培養孩子的思考能力，每一篇作文應該就是進行一次的腦細胞重量訓練。最後的成果，不但足以讓孩子取得考試上的優勢，更重要的是，也培養出孩子到哪裡都能生存的勇氣與能力。

這才是作文重要之處。

所以，從這個過程來看，作文根本就是腦袋的重量訓練，透過觀察、記憶、歸納、分析、對美的思考，這些都在鍛造孩子的想法、觀點，而想法、觀點的構成才是作文最重要的核心價值，這也是爲什麼要學作文的原因，這是讓我們一輩子受用的武器。即使以後不寫作文，我們擁有了思考判斷的能力，就不會變得人云亦云，不會隨便就被人家牽著鼻子走。

寫作文，不一定就是要成爲作家，但寫作文可以練就一輩子最核心的能力，就像上健身房那樣，寫作文就是在鍛鍊孩子的思考核心肌肉群。作文訓練，能讓孩子有了不一樣的想法，有了不一樣的思考角度，讓孩子就能夠看到更廣闊的世界。

好文章的定義

這是很多人都喜歡問的問題。對很多父母來說，這是一個很急迫的提問。我想，大家都應該同意，所謂的好文章其實是非常因人而異，有人喜歡格局大的氣魄，有人喜歡小家碧玉的溫馨，有人喜歡用字遣詞華麗，有人喜歡情意綿綿纏綣悱惻，有人喜歡異想天開獨樹一格。如果就純粹的閱讀者的視角來看，我喜歡的，我覺得好看的，就是好文章。

只可惜世界沒有這麼浪漫。經過多年來的教學現場的歷練後，我大概能夠明白父母期待的好文章是長什麼樣子。

我想先把文學創作與學業要求的作文做出區隔，從創作的目的、取材的取向、寫作者的觀念，兩者有著不一樣的差距。我們現在要討論的是作文，絕大部分是指課業與考試上的作文，是屬學校教育的一部分，既然如此，就會有所謂的標準，只是作文是所有學科中最沒有標準的，那要用什麼方式呢？

這可以從兩個層面來看，第一層所謂的好文章定義，是指足以應付學校學業，這包括能獨立完成，然後在考試中可以拿到基本分數的（以會考標準來看，就是要拿到四級分，當然能愈高愈好）的文章。這一層的最高延伸定義，就是寫到夠格參加相關作文比賽，而且能拿個獎下來。

看起來有些無趣，但很務實。再說得明白一點，就是照顧好大人的情緒：輕鬆（不再爲作文這作業感到困擾）——滿意（寫出來的文章能拿到高分）——驕傲（參加比賽得獎）。

這一層的好文章的定義最能滿足大多數人的期待，包括學生。是的，我不會好高騖遠，我不會浪漫到想要去教出一代文豪，上課的時候我常跟學生這麼說：「你們來上課的目的，是至少能夠應付學校的學業還有考試的需求，所以我希望向這個目標出發，好好的讓自己的文章愈變愈好。」當然，如果學生有人想要成爲文學家，我個人會非常欣慰，也會很樂意幫忙。

然而，夢想很豐滿，現實很骨感，大部分學生與家長理解的與追求的作文力，通常與學業有關，尤其是考試。考試很煩，但它就是存在，而且是無法忽視的存在，所以就讓我們承認吧！面對考試，面對學業壓力，面對分數的需求，所謂好文章總是要有放諸四海皆準的衡量方式。

雖然我很不想這麼做，但如果就學業的要求來看，一篇好文章要能滿足四個面向：

1. 沒有離題：這是最基本的標準，了解題目的意思，並在命題相關的限制下，完成文章。
2. 敘事清晰：讓人明白自己想表達的感情，想說明的事情與道理，而不讓人產生困惑。
3. 結構正確：各段落的分配比例，重心的突顯要做確實。
4. 詞彙優美：想要讓自己的文章再升級，用字遣詞就需要講究，要準確、乾淨，避免冗詞贅字，在不干擾語意的情況下，適度使用修辭技巧。

一篇文章只要達到上述四點，應該就能應對課業上的基本需求。學校學業或者考試所需要的好文章，其實是先要滿足最低標準，因爲學校的訓練是一個門檻，以上所提到的四個面向，就是跨過這個門檻的標準。

達到標準還不夠，還想要更好？那麼要追求的，就是夠深刻而動人。

所以深刻而動人，就是去挖掘文章事物更深刻的意涵與情感，然後寫出足以打動人心的情緒。其實寫作的人也算是演員。一個演員需要演的好就要投入，寫作的時候也是一樣，你把自己的情感投入在文章、文字裡面，這樣才能夠寫出打動人心的文章。說得更白一點，就是當你在寫有趣的文章時，要讓讀到這篇文章的人笑出來，寫悲傷的文章，要讓人家看完之後掉眼淚，這樣才是成功的文章。如果有人完成了一篇文章，看的人都沒有任何感覺，這篇文章必定是失敗的。

要如何才能做到這一要求呢？很簡單，只要從自己開始。如果你在寫快樂的文章時嘴角上揚的；你在寫悲傷的文章時，你的心裡哀戚的，能有這樣的感覺，相信就能夠傳達給讀者。如果你寫一篇文章自己都毫無感覺了，那是要如何讓人體會你的想法與感受？

剛剛說的是好文章的第一層定義，至於第二層定義，是個人觀點的建立。

想寫出一篇讓全世界都服氣的文章，除了滿足第一層，與眾不同的觀點將會是終結一切的最高能力。與眾不同的個人觀點，代表著自我風格的成形，也表示寫作者在從觀察到化爲文字的過程中，已有一套自己的思考系統。

孩子能寫出與眾不同的文章，表達出不一樣的觀點與想法，這樣的文章才能讓人印象深刻，也才能不落俗套。如果學生的文章能做到這一層，那就接近文學的領域了。

準確掌握題目、敘事清晰、結構完整、文字講究，輔以深刻動人，再加上非凡觀點，這樣的文章當然就無懈可擊了。

其實就我的觀察來看，當作文能力到一定程度的學生，通常都能做到見鬼說鬼話，見人說人話的本事，也就是他們能在寫自己想寫的文章時，發揮獨特的創意；但面對學業、考試的要求時，也能夠中規中矩的達到要求。

雖然我一心期待大家能看到文學那座美好的高山，但也不能忽略眼前這條被學業布下滿滿荊棘的道路。也許帶著學生走這條路，他們就能看到遠方文學這座高山之美。

這是我的一點小小的野心：希望讓有創意的、有自我想法的學生，在文學創作與學校要求之間取得平衡。我不怎麼喜歡去分類什麼叫考試型的作文，什麼又叫有創意的作文，但在現實的世界中，我們不能讓學生把每一篇命題式作文當成小說在寫，我們能做的就是如何在當中取得一個不會互相影響的平衡。然後希望他們表現得讓大家滿意，同時也保留了自己的熱情與夢想。

所以我覺得好文章的定義，是因時因地因事而改變，這當中還包含了自己的能力。雖然接下來的結論很老派，但卻很實際：用心去寫每一篇文章，用心去讓每一個看到文章的人明白你的想法、體會你的感覺，到最後，一定就能寫出好文章。

不是用筆是用腦

寫作文當然要用筆。筆是工具，這一點大家都知道，但很多人問的都是動筆之後的狀況，其實動筆之前才是最重要的。

之前就有提到，作文是個人想法的陳述，是每一個人對事物從不同的角度，提出自已的觀點、看法，還有對自我情感的抒發等。所以，我們可以說寫作就是把每一個人的想法、情感，化成了文字，躍然於紙上……或螢幕上。

這包含了兩個大步驟：想法的成型與情感的積累，然後轉化成文字書寫下來。

這兩個大步驟是寫作的兩隻腳，缺一不可。就像蓋一棟房子一樣，想法的成型與情感的積累是文章的設計藍圖，轉化成文字書寫就是施工的工法。

在我的觀察裡，不曉得爲什麼，大家似乎很容易忽略想法的成型與情感的積累。我想，可能是因爲大家看到文章時，都是看到美輪美奐的完成品，卻沒有人看到作者在寫作時搜索枯腸的過程，然後聽了很多神來一筆的傳說，才會誤以爲作文比的就是生花妙筆，寫下去就對了。

寫就對了！這個概念挺好的，但不夠完整，因爲最重要的不只是寫而已，而是想清楚自己要寫什麼。然而，想清楚自己想寫什麼之後再動筆，卻是很多學生最容易忽略的事情。

在教室裡，我常看到很多學生一看到作文題目立刻就開始動筆，這是最讓我感到觸目驚心的時刻。

眞的有這麼文思泉湧？

其實未必，馬上就動筆的學生多半是憑著一時的衝動，或者是人云亦云的慫恿，才會如此輕率下筆。這就是很多學生寫到一半就卡住，再也寫不下的原因。即使最後文章完成了，通常也是灌水灌得亂七八糟，不是寫了很多沒有意義的內容，就是重複寫出之前提到的事情。這樣的文章當然不會好看。

有些學生沒有馬上動筆，他們有思考，想了一下才開始動筆，但也陷入了卡住的麻煩，這是爲什麼呢？因爲他們思考不夠全面，他只是大概想了一下自己要寫什麼，沒有考慮清楚後續的發展，沒有想過這樣的主題是否能成爲一篇完整的文章，雖然看起來好像有思考，但其實只能叫類思考，跟那些馬上就動筆的學生並沒有什麼兩樣。

所以我才會說寫作不是靠筆是靠腦袋，所謂靠腦袋，意思就是說寫作前要好好思考。

要想什麼呢？

想一想這個題目是什麼意思？看一看這個題目有什麼限制？想一想自己對這個題目有什麼樣的看法或想法？

這只是第一步，但很多人連第一步都沒有走好就掛了，因爲他們從來沒有正視這三個問號。

弄清楚題目的意思，你才會理解題目要你寫什麼，才不會離題。很多學生自己寫得很開心，但內容卻完全跟題目沒有關係，這樣不就很悲劇嗎？

題目有哪些限制？有哪些要求？有的作文要你寫一封信，有些文章不准以詩歌的方式呈現，這些可以與不可以的規則，當然要看清楚，違反這些限制就是犯規，文章寫得再好也沒有用啊！

當然，我遇到很多很有創意、很有想法，而且文筆也不錯的孩子，我也很欣賞他們的創意，如果在我的教室裡，碰到離題或違反規則但內容讓人很欣賞的學生，我會指出他們犯了什麼錯誤，但我還是很讚賞地把文章收下來，有時候我還會要他們想想自己已離題的文章適合下什麼樣的題目。

但我的做法並不是現實世界的通則，碰到考試或比賽，離題或違反規則就是大扣分的事，這就是命題式作文的世界。我們今天並不是在討論文學創作，命題式作文有其基本的規矩，有點討厭但也無可奈何。而且某種程度上，這也是在考驗學生的細心與耐心，看清楚、想明白，不正是任何學問該有的基本態度？

至於對題目的看法，只要掌握一要一不要的原則即可。一要，要挑自己熟悉的、能掌握的、能說明清楚的主題；一不要，不要好高騖遠，自以爲是。

比如說〈我最喜歡的職業〉，不要人家想當醫生你就想寫當醫生；不要覺得當太空人很酷就去寫要當太空人。如果你一點都不明白醫生在幹嘛！如果你根本搞不懂太空人在做什麼，這樣的題目你要如何完成呢？

所以要選擇的內容方向、主題最好是自己非常熟悉的，所謂熟悉的就是你很喜歡的，你非常了解的，讓題目的要求和你自己能掌握的切入角度主題能夠連結在一起，這樣文章怎麼可能有不好的道理。

謀定而後動，寫作文，想才是最重要的部分，只要想清楚自己想怎麼寫，能怎麼寫，你的文章自然不會卡卡卡了。

關於閱讀，我想說的是

沒有人會否定閱讀的價值，閱讀是重要的事情，這應該與地心引力一樣，不容質疑。

閱讀的好處更是說不完的，不但可以增進知識，還能夠更有常識；可以美化自己的氣質，也提升自己的涵養，有點學問的人或許還會說：閱讀是站在巨人的肩膀，往遠方眺望。

閱讀的確有很多好處，但對我來說，閱讀最大的好處就只有一個：爽！

閱讀很爽！當你知道一些以前不曉得的事情的時候；當你體會到了一些情感的時候；當你藉由閱讀想通了一些道理的時候；當你明白所謂人性，並因此豁然開朗的時候。

對於閱讀，我還想說的是，閱讀是一件快樂的事情。這才是最重要的。

我記得在大一那年寒假，除了打工以外，我哪裡都不去，就只窩在家裡看書，什麼書都看。早上起床看書，以各種姿勢，然後看到睡著，醒來再接著看下去。期間除了吃飯與上廁所，我沒有離開房間，就這樣反覆看書看到睡著、睡起來再看，持續了一個月，我記得我看了四十二本書。明白了很多道理，顛覆了許多認知，消除了一堆偏見，體會了更深刻的善惡爭論與人性，眞的，有夠爽的。

但不曉得爲什麼，大家把閱讀搞成是一件非常嚴肅的事情，什麼應不應該，動不動就是有什麼幫助、能創造什麼價值，什麼樣的書該讀，又該怎麼讀？這些說法與分析，把閱讀變成一劑良藥。

說眞的，你在追劇的時候會這樣嗎？在打電動的時候會做這種事嗎？

任何事物在其背後都有更深刻的哲學意涵與道理，也都等著我們去挖掘，閱讀更重要的價值與功能便在於此，我對此事深信不疑，但這應該建立在熱情的基礎上吧！

有人窮其一生研究《紅樓夢》，從角色、故事的分析中，試圖找到歷史的、人性的，甚至是生命哲學上的種種脈絡，他們之所以願意這麼做，並不是因爲這有什麼好處，而是因爲對《紅樓夢》的熱愛。

所以，我們應該要讓孩子愛上閱讀，讓他們覺得閱讀很快樂，不要有那麼多的目的，也無需過功利的考量。就讓孩子純粹的享受閱讀的快樂就好，想讀什麼就讀什麼，哪來那麼多的學習單、問題與討論、讀後心得與大意摘要，這些事多半會讓孩子覺得閱讀是懲罰。換成是你，讀完一本書要做這些事，你還會想要閱讀嗎？閱讀很好，但不要讓孩子覺得閱讀是一劑良藥，因爲沒有人喜歡吃藥的啦！

對於閱讀，我想說的是，閱讀與作文的關係。

很多家長總是很喜歡這麼說：「我家小孩書讀得很多，但作文就是寫不好，人家說，書唸得多作文就會寫得好，不是嗎？」

「我家小孩回到家都不愛看書，怎麼辦？這樣作文能進步嗎？」

多讀書＝作文好，這個式子成立嗎？多讀書等於作文好在理論上是對的，但在實際情況上卻未必如此。閱讀與寫作都是以文字爲基礎，但閱讀是吸收，寫作是發想，前者是輸入，後者是輸出，所以這兩者的養成與訓練要求不同，所需要的能力也不同。

最基礎的寫作需要分析歸納的能力，想要再升一等就要有美感判斷的能力，最後是思考與觀點的建立，這是需要練習的。閱讀提供了資料，提供思考的方向與角度，但要輸出成文字，就必須要分析歸納、美感、觀點等各個面向的訓練。你可能從小看了數千場棒球賽，所以你就很會打棒球嗎？

打個比方，閱讀就像是內功，想要把內力展現出來，要經過適當的導引，不然就會像《天龍八部》裡的段譽一樣，內力很強，但卻無法隨心所欲地使出六脈神劍。

對於閱讀，我還想說的是，不要只有讀，更要有想。所謂盡信書不如無書啊！所以閱讀的時候要去思考，這是閱讀非常重要的環節。對於書中陳述出來的文字，如果是批判論理型的文章，就要好好想想這些說法的合理性；如果是這些情節所彰顯的人性意義；如果是經驗分享的文章，就該去思考敘述的合理性；如果是關於歷史的探討，更要有懷疑的精神。

讀書讀完了，要去想、要去懷疑、要去查證，這樣才能眞的吸收到書的養分，能對書中所揭示的資訊加以判斷、整理，這才完整了閱讀的意義。作家也一定希望自己的書能交到有獨立思考精神讀者的手上，因爲每一位作家在完成自己的著作後，並不只是要你相信而已，他更希望大家好好去思考書中所透露的一些問題。

對於閱讀，我還想說的是，閱讀不是只局限於書本，我希望孩子們的閱讀文本是這個世界。讀萬卷書也要行萬里路。這個世界其實就是最棒的讀本，因爲它提供的是最直觀、最寫實、最透澈的資訊。每一天都有新奇的、有趣的、美麗的、傷感的、欣喜的、憤怒的、嚴肅的，富有哲理的事物等待我們去發掘、解讀。只要我們保持好奇心，細心留意生活周遭的一切，你與你的孩子就會發現有很多事情值得好好思考。

關於閱讀，我想說的是，去享受閱讀，去思考你讀的一切，不論是書本上的還是從這個世界看到的。

閱讀指南

簡單來說，這是一篇有關於閱讀的操作手冊，主要的目的，在於打破一些迷思與更正一些你一直沒有發現的問題，進而與孩子共同建立良好的閱讀習慣。

請注意「進而與孩子共同建立良好的閱讀習慣。」這句話，因爲這是最重要的核心價值。

很多家長都認爲自己的孩子不愛閱讀。我對於孩子不愛閱讀這件事有所保留。在我的觀察中，孩子還是愛閱讀，只是跟大人的期許不一樣。

什麼意思？所謂期許不同的意思是指，父母對於看書這件事上的認知，與孩子有著極大的差異。也就是說，你家的小孩其實可能也愛閱讀，只在你與孩子之間對於讀什麼這件事上的認知，有著極大的差異。你希望他多讀一些經典文學，但孩子不喜歡；孩子愛看的書，你認爲根本沒有用。

結果就是你覺得孩子不愛讀書，孩子覺得你大驚小怪。

隨著電子書的問世，閱讀也演變出各種形式。看漫畫是一種閱讀，玩電玩是一種閱讀，看畫展是一種閱讀，上網、看電視也都是閱讀。所謂閱讀，其實就是獲取資訊的方式，只是以前的資訊都是用紙張在傳遞，然而隨著資訊載具的不同，我們對於閱讀的定義也該予於擴充。所以我認爲，孩子還是愛閱讀，只是方式不同，比較要注意的，是由於載具的不同引發的副作用，諸如電視所引起的不專心，上網出現的不良反應等。

所以父母要參與，而不是阻擋。時至今日，閱讀已不再限於紙本了，而是以各種形式出現，所以不管是書本也好，電視、網路，電玩遊戲也罷，孩子都能從其中獲得養分，得到認識這個世界的資訊。父母要做的，除了把關外，還要爲孩子釐清其中的好壞，協助其思考。

父母都會擔心孩子書讀得不夠多，不夠好，不夠精，所以就會想方設法地去補強孩子讀書不夠多，不夠好，不夠精的問題，於是就會引發一些有趣的現象。

在此焦慮下，會引發的第一個情況是追求書的數量。所謂數大便是美，也就是說，孩子讀得愈多愈好，所以就買或借了許多書要孩子讀。我贊成孩子多讀書，也覺得買書是很好的行為，但書很多就表示孩子願意讀？就算是有讀，這一味地追求數量會不會只造成囫圇吞棗的效果，孩子根本有讀沒有懂？

再來是會挑一些重量級的名著。所謂重量級，指的是書的深度與厚度，但讀書要適合孩子本身的情況，每個孩子都有適合或自己偏愛的讀本，這應該是要配合孩子的閱讀喜好，循序漸進的。你不可能要求一個十來歲的孩子去讀賈西亞．馬奎茲的《百年孤寂》，即使讀了，多半也只是應付了事，更麻煩的是，從此對讀書倒盡了胃口，那可眞是得不償失啊！

還有一個有趣的現象，就是書單。很多學校會在新生入學時開出一列必讀書籍清單。看起來好像很有用，但如果你的孩子不愛讀書，你認為開張書單出來，孩子就會乖乖讀書了？

書單不是藥單，買回來的書也沒有辦法三碗水煮成一碗水，然後按時服下。讀書，是要慢慢消化，品味的，不是造個冊、列名單就能解決。我並不是認為書單不好，開書單對一些愛讀書或循規蹈矩的學生有其意義。

這些來自家長的焦慮，都會讓閱讀成為一種壓迫，看清這些焦慮，你就能以更輕鬆的方式，帶領孩子一起進入閱讀的世界。

了解焦慮所帶來的影響後，家長更要以身作則。想想，如果家長本身不愛讀書，然後去買一大堆書扔給孩子，自己跑到客廳打電動，孩子應該在心中會浮起「莊肖維」這三個字吧！很多家長本身已經不閱讀了，這樣的習慣也間接影響了孩子。父母是孩子學習的對象，唯有家長以身作則，才能夠培養孩子閱讀的習慣。而且，陪著孩子一起閱讀，不但能增進親子關係，也能讓家庭氣氛變得很和睦。

家長要做的另一件事就是要寬容。不只是在孩子閱讀的選擇上寬容，也要對孩子的看法寬容。透過溝通、討論，自然就能提升孩子的閱讀水準，但千萬注意，要有盍各言爾志的度量，不要隨口說出否定的意見，更不要迫使孩子只接受你的想法。對同一本書，每個人都有各自的解讀，讓孩子去自由發揮，除非出現偏激或有可能傷害他人的言論，否則你都盡量去接受。

閱讀無所不在，只要我們身為大人的用心，就能建立一個良好的閱讀環境。別再喊著我的小孩不愛閱讀了，快跟著他們的腳步，用他們的工具，陪著他們一起探索這個世界吧！

影音時代下的體驗

你應該有這種經驗吧！一群孩子正喧譁吵鬧，你快被搞瘋了。然後你打開了電視螢幕，你的孩子瞬間就安靜下來了。

影音就是有這樣的效果，因爲，這是影音的時代。

所謂影音，泛指各種影像產品，包括電影、電視，還有網路上的各種視頻。很多家長視電視爲洪水猛獸而不讓孩子看電視，因爲這頭猛獸會吃掉學生學習的時間；這股洪水會衝垮孩子的專注力。

但這是我們阻止不了的，其實也沒有必要阻止。因爲這是生活的一部分。說眞的，回想一下，曾經是小孩的我們，有多愛看電視啊！但這眞的有對我們的人生產生什麼嚴重的干擾嗎？

所以禁止是沒有用的（這句話可能會持續出現在各篇章裡），參與才是大人該做的（這句話也會持續出現）。在之前的文章我有提到，閱讀不應該只是放在書本上，那麼學習也應該是如此。

影音之所以造成不良的影響，是因爲很多家長把孩子交給電視、手機、平板管理，如此一來，當然會產生不好的效果。

善用影音，能幫助孩子敘事能力，想像力更爲具體，所以影像的運用，在作文教學上有非常重要的價值。

影片通常都有清晰的敘事風格，這是寫作時最需要的基礎能力。電影、戲劇，或網路上方視頻都有一個共同的特點：就是在說故事。說故事就是一種敘事能力的養成。

而且影片有著強大的結構，因爲拍攝影片要花費不少金錢與其他相關資源，尤其是像電影、戲劇，所花費的金額更是驚人，所以影片裡的任何一個鏡頭、畫面，都是有意義的。他們不可能會浪費時間、金錢在無意義的畫面上。這對孩子來說是種很好的敘事訓練，而且非常準確。

要能說好一個故事，首先你的條理要清楚，人物的性格要鮮明，劇情要有一定程度的曲折，故事裡的內容要能打動人心讓觀眾看的大受感動，結尾要耐人尋味，開場要讓人眼睛爲之一亮，這些元素是構成一部好的電影、戲劇的關鍵。而網路上的一些網紅拍的短片，要在短時間內說明清楚一件事，或達到某一個效果，這是裁切的能力啊！

無窮無盡的創造力與想像力，更是影片被認同的價值，這些天馬行空的想像與創意，總是能打開我們的視野。

這些，不就是一篇好文章該有的樣子嗎？

這是影音最有價值的部分：它們陳述故事的能力，一部好看的影片，無論長短，其結構必定是完整而穩定的，這對孩子的敘事能力會有潛移默化的影響。

影片中的部分畫面，可以提供做爲象徵意義的分析。影片，是用畫面說故事。有時候一些沒有人物，沒有台詞的鏡頭，可以傳達的訊息與暗示更多，而這就是伏筆，這就是象徵。你常會看到電視與戲劇所停留的畫面，其實都是爲某種程度的伏筆準備；一些場景的轉換，也往往象徵人物的心情或故事的內涵。

在寫作時，我們總是會不厭其煩地提醒學生不要離題，而影片對於扣緊主題的表達能力，可以說是最好的示範。影片都會有一個敘事的主體，所有的情節、所有的人物個性的演變、刻畫，都會圍繞著所要呈現的主題去開展。在開展劇情的同時，對於故事主軸、支線的交待、釐清，還有各種情節轉折的發展，都需要強大的布局思考邏輯能力，來避免出現矛盾或模糊的狀況。這對於學生來說，就是在學習如何自圓其說，把一件事情、道理做最清楚、完整的說明、交待。

無論是長篇故事的曲折離奇，還是短片的爆梗，這些結構規畫與布局思考，都對學生的寫作能力有很大的幫助。

教作文教到現在，我發現學生在寫作時很忽略讀者。這可能是因爲一直把作文視爲作業的習慣，對學生來說，所謂讀者就是老師。

這種想法多少讓文章變得不夠清楚，很多事情都沒有好好交待，如果學生能站在讀者立場換位思考，也許他們就會明白，爲什麼要把一些細節寫得清楚。

而影片就是要拍給人家看的，所以他們追求的一定是觀眾的體會理解，還有如何讓他們喜愛。所以一部影片的製作團隊一定會很在意，觀眾能否理解他們想表達的內容，這是影片隱藏版的教育功能；看看製作一部影片的團隊，如何藉由影片與觀眾對話。這也是很多學生在寫作文時缺乏的意識：想一想看到這篇文章的人，想一想他們能不能理解自己的想法。這並不是媚俗，不是討好，而是一種負責的態度。寫了一篇讓大家看不懂或不愛看的文章，這會不會太有個性了？

影像可以幫助孩子從畫面中得到更多、更具體的資訊，所以對於學生細節的刻畫能力會有很大的助益。

一些無法想像的畫面，可藉由影像的輔助，幫助孩子從中得到思考的力量。我在某一家作文教室的教務會議中，觀摩到一位擅長多媒體教學的教師上，看到了一次不錯的示範。那位老師是以〈飛〉爲主題，老師則取得了一段飛翔的影片，影片中出現高山、白雲、河流、城市，那種俯瞰一切的畫面，整個就給人一種正在飛的感覺。看過這一段影片之後，如果你要孩子想像自己是隻老鷹、是架飛機，想像自己正在飛，然後由此寫一篇文章，我認爲效果應該會不錯。

影片中一些有抽象概念的詮釋，比如出一些概念的表達，對於人性的刻畫，這都會是很好的參考。

還有影片中所呈現的細節，諸如場景、服裝等，好的影片，尤其是電影和戲劇，對於這些細節都是非常考究的，甚至要追求到盡善盡美，這些對於細節的重視也可以連帶影響小學生在寫作時，提升對於細節的表現。

對很多學生來說，第一段與最後一段是永無止盡的夢魘。我有時候也覺得奇怪，有些學生可以輕鬆地掌握題目的重點與要求，卻卡在第一段與最後一段。

不過呢！影片或許可以成爲學生在寫開頭與結尾的養分。一般來說，影片的開場就是要吸引人往下看的慾望，結局則爲了避免虎頭蛇尾的批評，所以影片在開頭與結尾會很用心，這一點是值得好好利用的。

一些影片，尤其是網路視頻，常會針對社會議題進行分析或者嘲諷，也會來改編成電影、戲劇，這些都有助於孩子去了解他們本來覺得無聊，或者因課業繁忙而無暇顧及的時事議題，這對他們去理解社會現象會有一定程度的幫助。

別忘了影片中的台詞，有些更是可以當成文學作品一樣的欣賞，有些甚至成爲千古名句。這些台詞，有時字字珠璣，有時候令人深思，有時萬分優美，這些都是可以好好學習與模仿的。所以，有時候欣賞影片其實都是在看一篇又一篇的好文章啊！

所以，面對這個影像時代，還是那句老話，重點不在於阻止或干涉，這是沒有用的，想想之前我們的經驗，重點是要參與，要了解。不要老是想著要替孩子過濾什麼，任何的過濾在我看來就是一種阻斷行爲，那是徒勞無功的。但如果你參與其中，陪著孩子一起，你就會發現，萬物皆有可觀之處。

動漫比你想的更有深度

動漫與作文，很多家長可能都會皺起眉頭，露出質疑的表情，心裡彷彿正在說：「這兩者之間怎麼可能有什麼關係？」

當然有！只是我們覺得動漫只是用來消遣，是娛樂，怎麼把它與寫作連結在一起。

但你得承認，動漫對孩子有著非常強大的魅力，因爲我們小時候也爲了動漫瘋狂過。在我上課的經驗中，只要舉的例子是出自於動漫中，學生的眼睛立刻就亮了起來，反應也跟著變好。所以要引起孩子的寫作興趣，動漫其實是非常好的工具之一。

前一段時間紅極一時的《間諜家家酒》，還有《鬼滅之刃》紅到連中華職棒都拿來當活動主題日。動漫中充滿想像，不受局限的情節，所有人都爲之瘋狂。

很多人都喜愛的事物，多半都有值得深究的理由。如果你還以爲動漫是不能登大雅之堂的東西，那你就大錯特錯了。現在的動漫不但劇情豐富，創意十足，有些動漫在內容上的專業，甚至已媲美教科書。

不信？請看看《神之雫》所創造的紅酒熱潮，讓很多研究紅酒的人最近都很感嘆，因爲他們花費這麼多心力去編寫的紅酒圖鑑，影響力竟不如一本描述紅酒的動漫；很多古典音樂的愛好者也很感嘆，貝多芬這麼有名的音樂家，其作品得靠動漫

《交響情人夢》才廣爲國人所知；《築地魚河岸三代目》更是讓專業的日本料理師傅大爲讚賞，甚至希望讓學徒好好看看這套動漫；犯罪心理學專家黃富源，意外閱讀《家栽之人》後，將動漫列入教學的參考書單，希望藉以培養學生敏銳的觀察力和一顆敦厚的心。

我舉這些例子是要告訴大家，動漫已不再是動漫，不要再用我們小時候的動漫來衡量。動漫中的想像力、創意、文學性、專業度，都是孩子很好的課外讀物。

像《次元艦隊》中一艘誤闖時空隧道而回到二次大戰的神盾級巡洋艦，竟然改變了歷史；《獵人》中所展現的神奇世界，其中有一段，整個冒險原來是超能力者所設計出來的實體電玩；《將太的壽司》描述一個男孩追求夢想的過程，感人肺腑，有時讓人讀之熱淚盈眶。

所以動漫其實不止是娛樂，它更可視爲知識的來源之一。動漫已經成爲一種知識的轉譯器。怎麼說呢？很多動漫的取材其實都是從歷史、文學，宗教、神話，甚至是社會現象進行改編。在取材、改編過程中，漫畫家是非常認眞在考究與查證的，同時還有出版社的編輯在幫忙，有的還會請專家來當顧問。像《棋靈王》就是一個很好的例子，這部動漫是由日本圍棋六段女棋手梅澤由里香擔任顧問，所以在圍棋的知識性上有了非常大輔助。很多動漫皆是如此，雖然劇情天馬行空，但卻是建立在專業知識上的，經過有趣的劇情與帥氣逗趣的人物，這些知識更能深植人心。

其實坊間還有很多動漫有這樣的效果，甚至不只是知識性，這些動漫的文學性也不輸給一般文學作品。像《交響情人夢》裡面的對音樂的描述，你會驚覺原來聲音可以用這麼生動的方式來表現；《築地魚河岸三代目》裡的男主角，在每一次嘗到魚類料理時所做出的評論與形容，那眞是讓人嘆爲觀止的一種文字呈現，宮崎駿的作品更是其中的翹楚。

動漫與影片其實功能非常類似，但是動漫最不一樣的地方在於誇張。從情節、人物、構圖、顏色，都讓人看到誇張的一面，尤其是情感、內心的描繪力道。主角的情緒會隨著作者運用的各種構圖方式，搭配動作、表情一起呈現，效果總是令人印象深刻。

動漫非常重視感動的元素，無論是搞笑的、熱血的、鬼怪的，還是競技類的，不管哪一種類型的動漫，都會強調打動人心這件事，而這一點，就是目前學生在寫作文時眞正缺乏的東西。

很多學生很會講道理，很會描述事情，但是在情緒的表現上，他們不曉得是尷尬還是什麼的，對於如何去打動人心這一部分，顯得格外心虛。一篇文章最動人的價值不在於文字的優美程度，而在於我們在其中所得到的感動，這一點動漫做的非常好。

我舉一個我還滿喜歡的例子。

《神之雫》這部動漫也許有人聽過。這是一部講紅酒的動漫，其中最讓我震撼的，是動漫中對於品嘗紅酒的描寫與聯想非常獨特。一杯紅酒入喉，除了一般香氣、味道的描寫，它還有意境與感受，以下就是一例。故事中，主角喝了一杯紅酒而想起了自己的母親，對他來說，那杯紅酒就是離別的滋味，因爲他的母親已經過世了。

一瓶葡萄酒可以喝到離別的滋味，很誇張吧！但故事中所傳達出來的情感，就能強烈征服每一個看過這篇故事的人。你一定吃過許多食物，也喝過很多飲料，食物、飲料的味道，會隨著人的心情、身體狀況而有變化。而且，同樣的漢堡，不同人吃也會有不同的感受。死刑犯的最後一餐，他的心情一定非常複雜；大考當天的早餐，跟平常時候吃的早餐也必定不一樣。所以，食物不再只是食物，而成爲生命中與美好的、痛苦的回憶緊緊相連。而感受，就是一篇最重要的靈魂。

這是漫畫最強的部分，運用不受到現實局限的圖像，以誇張的表現讓人感同身受，這是動漫與寫作最強大的連結。

所以，不要再小看動漫了，因爲「寓教於樂」永遠是最強的教學利器啊！

不要當生活白痴

很多人都認爲作文要寫好，書要看的多，所以會拚命要求孩子的閱讀質與量。有錯嗎？當然沒有，只是有些可惜，因爲在我看來，靠閱讀來提升作文能力，只做對了一半。

而缺少的另外一半是什麼呢？答案就是生活經驗。

我並不是說閱讀不好，閱讀很有用，閱讀很重要，但生活上的經驗也很重要，這是很多家長忽略的地方。

書本所創造的世界並不完全眞實。因爲它是個人經驗的紀錄與感想，但每個人的經驗與感想都不一樣，所以書中所記錄陳述的世界，其實是作者基於個人的生長環境與個人好惡，是主觀而片面的，值得參考但絕對不是一切。

所以，我們需要靠生活經驗來核實閱讀所帶來的學識。閱讀與生活經驗就像是寫作的兩隻腳，孩子看得愈多，體驗的愈多，累積在心中的想法與感受就愈多，這些都會成爲日後寫作時重要的資產。

生活經驗對於寫作文的重要，在於寫作的靈感絕大部分都是來自於這些經驗的情緒延伸與奇趣想像，所以要對生活有一定程度的認知。

也許你會問：我們每天不就在生活嗎？怎麼會說少了生活經驗呢？嗯！沒錯，我們的確是處於生活狀態，但未必讓孩子眞實地參與生活。

很多父母爲了給孩子最好的成長學習環境，所以爲他們安排了很多課程，上下課接送當然就不在話下，生活上的大小事更是一手包辦。

孩子你只要用心讀書就好了。我相信這應該是許多家長的溫柔。很感人，但是這樣的愛並不完整，因爲這樣做其實正在剝奪孩子探索眞實世界的機會。

這個世界不是只有才藝班、安親班、補習班、學校與跟家裡而已。這個世界有成千上萬的人在生活，它是由複雜的人事物所組成。所以，除了書本，參與這個世界的運作，也是重要的學習，因爲有時候，用雙手體會到的經驗，用雙腳踩踏出來的明白，比書本更讓人受用。

所以，不要讓你的孩子遠離生活。讓他們試著去打理自己生活上的一切，讓他們學會怎麼樣去應對辛苦。你可以心疼，但是不要心軟，讓他們藉由雙手雙腳去接觸、去走動，去認識這個世界，去感受生活的樣貌，只有這樣，他們才可以創造出屬於自己的經驗，而這些經驗將會是他們靈感的來源，也只有如此，他們才能創造出屬於自己的故事。

讀故事書裡的故事，這很棒，但讀著自己創造出自己的故事，這也很棒啊！

看到這裡，請大家別誤會了，我並沒有要各位家長讓孩子去嘗試什麼艱辛的情況，也沒有要他們體驗坎坷的日子，也不是什麼非常難得的活動經驗，我想強調的是讓孩子處理自己日常生活上的一切，不要什麼都幫他們完成、準備好。那些生活上的小事，買早餐、做家事、光是自己走路上學這件事情，他們就能看到許多，感受到許多，街上的商店、櫥窗內的擺設、街上行人的表情……，這是跟坐在摩托車後座，或車子裡閉上眼睛睡覺休息完全不同的體驗。

這些看似瑣碎的小事，正是孩子寫作文時最重要的資料。

在指導學生寫作文的過程當中，最容易碰到的問題，就是學生沒有類似的經驗。他們很少做過家事，他們上下學都是由家長接送，有些學生只看過公車。生活上的一切父母都打理好了，孩子很多事情不用管、不用做，所以他們的人生經驗值就一直無法提升。

尤其在面對一些經驗分享類的作文題目時，如果孩子缺乏生活體驗，他們又怎麼樣寫出動人的文章呢？

面對這種我不知道、我沒做過、我不會的情況，老師再怎麼引導也沒有用，因爲不曾處理生活上的一些事項，當然也就不懂這些事項的價值與意義，然後無法從中體會這些生活上的瑣事對自己的啓發。反應在寫作上的，就是不知道要寫什麼，即使知道了也無法寫出什麼深刻的理解，也寫不出感動人心的體會。

說到底，文學本來就是基於生活，文學是入世的，所有的文學作品絕大部分都是在描寫這世間萬物的生活狀態，還有從中得到的體會與感想，哪一本世界名著不是如此？

也許這些生活上事務的描寫能力，可以藉由書籍、影片來獲取。但缺乏親身參與的那分感覺，這樣的生活體驗描述、這樣的文章，又怎麼可能動人？因爲即使學生能寫出來，那也是基於別人的故事、別人的創作，那是二手的經驗、複製貼上的感覺，不會有什麼動人的情感，這樣的文章注定是空洞的陳腔濫調。

所以，讓你的孩子去體驗生活的各種層面，至少在安全的範圍內，讓他們知道這個世界的美好與幸福，讓他們體會生活的艱辛與美好。

我並沒有要去做出什麼養尊處優的指控，更不會責備任何媽寶的可能，我知道這都是愛，但愛，有時也需要勇敢。勇敢地讓孩子去做些什麼，去承受什麼。愛，不只是甜甜的保護，有時也需要吃點苦頭。

人生就是經驗的累積，人類文明的進步也是因爲經驗的傳遞。如果說經驗對世界，對人生有如此重大的意義，我相信，對於作文也應該是如此。從生活中一點一滴的累積這些經驗，最後必能匯流成生命與寫作的能量。

第3章

開始動筆後的使用說明書

流水帳也不錯

看到這個標題，想必很多家長都快昏倒了吧！因爲對於孩子的作文問題，最讓家長受不了的，應該就是像流水帳一樣的內容了。

什麼是流水帳？

流水帳是公司、商家，甚至家庭，關於收入與支出的逐日記載。它很無聊，但非常重要，因爲流水帳是理解金流最重要的依據。沒有流水帳，我們無法理解金流的動態，也就無從建立財政紀律。

缺乏財政紀律，無論你是上市上櫃的大公司，還是溫馨迷人的小家庭，都會陷入麻煩之中。所以，流水帳很重要。甚至連國家都不敢輕忽。

我知道你現在一定滿臉黑人問號：我知道流水帳很重要了，但這與作文有什麼關係？

當然有！因爲流水帳是寫作的基礎。

很多父母批評孩子的作文像流水帳一樣，不就也是因爲覺得孩子寫出來的內容像每日支出、收入的金流紀錄一樣無聊、沒有重點，就只是一件事從頭到尾的詳實記載而已嗎？

而我之所以認爲流水帳也不錯，並不是要跟大家唱反調，而是可是我認爲流水帳是一個非常重要的寫作基礎：詳實記載。

這四個字，就是記敘能力，這可是一篇文章最重要的基礎。

一篇作文是由字詞、句子、段落所構成，透過字詞、句子、段落說明一個道理，還是表達自己的觀點，記錄生活，或是心情上的陳述，而其中最重要的根基在於敘述，也就是所謂的敘事能力。

敘事清晰，這篇文章大家才看得懂，所以敘事能力是寫作最重要的基礎。就像打籃球一樣，籃球最基礎的動作就是運球與投籃，把投籃與運球這些動作練習到最紮實之後，才可以提升更厲害的技巧。

記敘能力就是寫作的基本功，是寫作的基礎，這就是爲什麼我認爲流水帳還不賴的原因。因爲流水帳展現了孩子的敘事能力，也許內容很無趣，沒有什麼重點，可能也不會有什麼讓人眼睛爲之一亮的優美詞藻。但至少，流水帳展現了出一個孩子在記錄敘述時的仔細度、扎實度、清晰度。

這是一個非常重要的過程，每個寫作的人都會經歷，只是時間長短因人而異，但如果跳過這個過程，孩子的文章會因爲缺乏足夠的敘事訓練而像空中樓閣一樣，顯得搖搖欲墜。

所以流水帳是敘述能力的建構，有了清晰的敘述概念，有條理的敘事能力，才能寫出一篇內容清楚完整的文章。這就像蓋房子一樣，房子在打地基的時候是最無聊、最難看的時候，但是卻是一棟房子最重要的環節。

寫作的過程本來就是從敘述開始，所以流水帳其實就是敘述能力的展現，這代表孩子能把一件事情很完整的、很清楚的交代完畢，有了這個能力才能往上提升。大人之所以不喜歡，是因爲我們總是拿最後成果來看待，而忘記了孩子的成長需要等待。

像流水帳一樣的文章，其實還隱藏了許多值得開心的好消息，首先是時間順序與因果這兩大基礎邏輯關係的掌握。敘事能力的重要性，在於建立掌握事情的時間軸與因果關係，能掌握時間前後與因果的邏輯，就能清楚地說明一件事。所以當孩子的作文像流水帳時，那表示你的孩子對於時間與因果關係有了更進一步的理解。

再來是細節的洞察力。這是作文中很重要的觀念：把細節交待清楚。很多學生在寫作時，常語焉不詳，很多重要的環節總是一語帶過，如此一來，不但文章變得不清不楚，篇幅也無法拉長。但文章總是被嫌棄像流水帳的孩子，他們的文章總是鉅細靡遺地把人事物的所有細節交待清楚。雖然文章看起來冗長而且囉嗦，但透過這種方式，孩子能夠更有耐心、更仔細的交代一件事情的來龍去脈，這是一個非常重要能力的養成。

但眞正讓我欣喜的，是學生寫作時的心態，這是非常重要的資產。流水帳一般的文章，其實展現了孩子的耐心與執著。寫作最折磨人的地方除了絞盡腦汁的思考以外，還需要無與倫比的耐心與專注度。你所嫌棄的流水帳一般的作文，它堆滿了孩子的誠意，想想看，他肯寫，他願意寫，他正在靜下心來，努力地思考著關於這個題目，自己還能怎麼寫。他大可以雙手一攤，喊一句：我不會寫！但他沒有，他正在嘗試，以最動人的決心。這其實很感人，不是嗎？

也許詞不達意，也許文章冗長而沒有重點。但他在動筆，這才是最重要的。孩子肯動筆，這就是好的開始，這是最重要的第一步。他或許寫不好，或許寫得不如大人的意，但他動筆了，只要肯跨出這一步，任何美好的可能都有機會成立。

在這樣的流水帳中，你可曾看到這些美好的禮物？

所以遇到流水帳的情況，不用太過緊張，他們只是還不曉得如何去裁切重點，但他們正在打造寫作最重要的基礎工程，無論是心態還是能力：良好的敘事能力，良好的細節交代習慣，還有耐心與專注度。

當然，也不能一直是流水帳，總不能一篇文章從頭到尾都在平鋪直敘，所以等到孩子的敘事能力已經穩固了之後，再透過討論的方式讓孩子理解精簡的效果，還可以透過一些遊戲的方式，譬如說與孩子一起比賽，看誰可以把一個段落縮到最短的字數……，提升文章內容的方式有很多種，但這一切都必須建立在孩子肯寫，並有寫出東西之基礎上，不然什麼都是事倍功半的。

所以，流水帳是一個學習的過程，這是必要之善。

讓閱讀＝寫作

好吧！那就讓我打開天窗說亮話好了。

很多父母都說我的小孩讀很多書，但為什麼都無法反應在作文上呢？

這眞的是一個很有趣的邏輯，如果看很多書就可以寫出好作文，那麼是不是看很多場職棒的比賽就能成為職棒球員呢？

答案很清楚吧！

看書跟寫作其實是兩件不同層次的事情，寫作有一套歷程，但閱讀的確可以為這套歷程奠下更好的基礎和觀念。如果要讓看書與寫作這件事情畫上等號，有很多工作要做。

模仿的訓練就很重要。模仿是學習中重要過程，不管你要學什麼，一開始都是模仿。模仿父母、模仿教練，模仿相關領域的代表人物。透過模仿，我們能學習到更高階的相關技術，也能體會這些技術的奧妙之處，然後再依照自己的能力條件與偏好習慣，慢慢地發展出屬於自己的風格。

所以想要讓文章寫得好，仿作是很重要的事情。但想要仿作，就要靠閱讀建立的文字思考模式。

上一章節有提到閱讀與寫作的關係，主要是要建立孩子的閱讀習慣，讓孩子愈讀愈快樂。

建立閱讀習慣，除了讓孩子享受閱讀所帶來的樂趣，也是要讓孩子習慣用文字思考，這就是所謂的文字思考模式，這是一種轉換翻譯系統運作的過程。文字是符號，它有其相對應的指涉意義，而文字的抽象意念較圖像來得更為複雜，所以要有一套理解模式。所以，在看到詞彙、句子的時候，解讀文字所挾帶的訊息，將這些文字所試圖代表的意義，不管是明示或象徵，將這些符號所代表的符徵與符旨，與經由經驗與其他相關知識，拆解成屬於個人意義認知的理解過程，這就是文字思考模式。

我們有時會說看不懂、不明白書中所代表的含義，就是因為我們還無法把看到的文字，轉化成我們能理解其中意義的資訊。而大量閱讀可以使我們熟悉文字思考的模式，熟悉文字與思考之間的轉換。

之所以要建立孩子的閱讀習慣，其實就是要架構好這套文字思考模式，建立好之後，才能有效把閱讀到的東西轉換在寫作之上。

建立閱讀習慣，是讓孩子熟悉文字思考模式，但要讓閱讀＝寫作這個式子能夠成立，必須經過適當的引導與挖掘，當然也有天生的練武奇才，看著看著就能夠有所領悟，不過這種人萬中無一。

天才很少，但地才很多。天才是天賦的盛放，讓人景仰，地才是努力的結晶，值得尊敬。地才可以靠著後天的學習、努力，提升自己的能力，追上天才的成就。值得幸運的是，我們都是地才。我們都有機會追上天才。

既然是地才，想要提升寫作能力，首先在於思考的部分，這還是最重要的。寫作本來就是在表達自己的想法，先由有了想法，討論表現方式，比如結構、布局、修辭等才有意義。閱讀對培養想法很有用，但前提是——要去想。

但很多人在讀書的時候，最常問的問題就是作者在想什麼，其實這是最不重要的事情，最重要的是你看完這本書或文章之後有什麼想法？我相信許多作家更在意的，是讀者讀了自己的文章之後，有了什麼樣的感想和體悟。

所以不要用對答案的方式在讀書，這一步很重要，因爲這是建立自己見解與觀點的第一步。

這是觀念上的學習。另一個層面就是模仿，藉由仿作學習來提升學習技巧。什麼是仿作？爲什麼要仿作？簡單來說，就是模仿這些知名作家在作品裡的用詞、字句、段落的安排，也就是去學習這些作家的描述技巧，這樣做才能夠眞正領略名家寫作技巧的深奧之處。

碰到一些、讀到一些不錯的詞彙就學著造句，讓自己懂得如何運用這些詞彙；看到一些不錯的動作和風景描寫，就學著使用他的寫法，試著描寫你看過的風景與動作；看到人家不錯的想法，就跟著試試看做一樣的分析；看著大師們精采的結構布局，就一樣複製貼上運用。

當孩子在進行模仿時，也就開啓了高級寫作技巧的大門，而這些詞彙的使用、修辭技巧、布局能力，也就跟著孩子，成爲孩子寫作時的一身本領。透過仿作，才能讓寫作與閱讀有效連結起來。

向大師致敬，向大師學習，但不要好高鶩遠，也不要過於心急。仿作是要在孩子建立閱讀習慣之後才開始進行的，小心揠苗助長，反而打壞了孩子閱讀的胃口。挑選的文章不要長，也不宜過難，最好是與孩子切身相關的經驗與議題，操作起來會更容易。不管是有趣的、嚴肅的、古典的文學作品，只要運用得宜，都是很好的素材。只要家長耐心參與，我相信都能讓閱讀的土壤養成寫作的綠苗。

跟題目當好朋友

所以是要跟題目博感情嗎？看到這個標題時，你一定覺得很好笑吧！是要跟題目聊天泡茶？還是一起上線打電動？我知道你可能在心裡正在這樣啐啐念。

的確是如此呢！我覺得學生在寫作文時，一定要把題目當成知心好友那樣的了解。因爲只有澈底了解題目，才可能完成一篇好作文。

首先，讓我解釋一下什麼叫命題式作文。一般來說，題目或標題，大部分都在文章完成之後再決定的。通常，創作者會因爲某一個想法和一種情感而決定寫出文章，可能創作初期有一個暫定的題目，那只是一個概念，提醒自己寫作的方向，待文章完成之後，才會著手認眞思考修訂該篇章的題目。

但由於學生的經驗、詞彙的運用上，還有一些想法、觀念上還不夠扎實，不夠廣也不夠深，無法像文字相關工作者那般，對於寫作有著清楚的概念。所以，爲了讓學生能夠更快理解寫作的方向，不致產生差異過大的問題；同時也是爲了讓作業評鑑、考試有一個共同比較的基礎，所以才會必須限制在某一個範圍之內，這樣學生比較好掌握，老師也比較容易去做評鑑與教導。

看到這裡，也許有些人會批評所謂命題式作文就是考試的遺毒。我知道，我知道，命題式作文就是考試相關的產物，甚至說是遺毒我都沒有意見，我們可以搖頭，可以嘆息，但還是要面對。

既然要面對，那就要好好去了解題目，要像對待朋友一樣的，好好了解題目在問什麼。

這是我國中時候發生的事情，到現在我還記憶猶新。

有一次國三模擬考時，出了一個作文題目叫做〈早晨的美好〉。當時的我一看到題目立刻振筆疾書，什麼一日之計在於晨啊！早起的鳥兒有蟲吃之類的，關於早起的優點與重要性，還有對人體的健康，把握時間什麼的，我一股腦地傾洩在稿紙上，當我志得意滿地接到成績單時，作文成績差點沒讓我把下巴嚇得掉在地上。

怎麼會這樣？我幾乎驚叫了起來。這是我人生有史以來，最糟糕的一次作文分數。

可能老師看到了我備受打擊的表清，下課後特地找我說了下列這一段話：

〈早晨的美好〉這個題目的意思是什麼呢？你好好想一想。

我聽完老師的話之後才恍然大悟：是啊！早晨的美好重點是在美好啊！這個題目要問的是早上有多美好，但我卻把寫成早上有多重要，這是兩個完全不同的方向，根本離題了。

有了這一次教訓後，我每次寫作文的時候，都會非常認眞地把題目好好想一遍。那感覺就像在跟朋友說話一樣，你究竟想問我什麼呢？你覺得我寫什麼才好？怎麼樣取材才能夠合乎你的要求呢？

所以我才會說要跟題目當好朋友，要去理解題目要你寫的重點，不然寫得再好，再出色，文字再優美都沒有用，因爲你已經離題了。

那要怎麼跟題目當好朋友呢？

第一步當然就是圈出題目中的關鍵字。〈早晨的美好〉這個題目的關鍵字自然就在美好；〈難忘的旅行〉關鍵字自然是難忘。找到關鍵字，就能找到題目希望你寫的重點。

有時候題目的關鍵字不只有一個，像〈一次難能可貴的合作經驗〉，在這個題目中，第一關鍵字是合作，第二關鍵字就是可貴。合作經驗這個題目的基本條件，可貴是附加條件。可貴有正向的意思，難忘比較中性，很糟、很棒的事都會讓人難忘，但加上了可貴，那一定就是重要的而且是正向的，所以「一次難能可貴的合作經驗」就是問生命中某一次充滿正能量而且很重要的合作經驗。

當你掌握了題目的關鍵字之後，就可以明白這個題目是在問什麼，可以寫些什麼。確定了文章的關鍵中心，所有的結構布局、舉例、切入的角度，就要圍繞著這個重心去展開。這樣做，寫出來的文章就沒有問題了，這就是與題目當好朋友的意思。

之前有提到命題式作文是考試的產物，考試的題目通常是為了篩選學生的程度，那麼出題者就會有一些想測試學生的想法，想要知道你的程度、你的能力。

所以第一關就是看你有沒有足夠的耐心與細心，去理解讀題目的意思。

所以，務必與題目當好朋友，因為這代表有去理解題目、分析題目，然後找出最好的寫作方向，就像對待朋友那般，這樣的文章才能讓自己先立於不敗之地。

取材的關鍵

好啦！知道題目要你寫的重心之後，接下來的工作就是要找尋適合題目重心的題材，完成這篇文章。

尋找合適的題材是一個自我辯證的過程，首先要考慮的，是這樣的題材有沒有符合題目的要求。題目要你寫一本你很難忘的書，你明白了難忘是關鍵詞，但你想的主題卻偏向這本書的意義，甚至是這本書的情節介紹，這樣就枉費了你的明白。

所以在選擇題材的時候，絕不能拋棄題目這個好朋友。你明明都知道題目在問什麼了，卻選了一個與題目要求有所落差的主題，這不是很可惜嗎？

那該怎麼確定所選擇的主題與題目重心是一致的呢？我以上一篇文章出現的題目〈早晨的美好〉為例，當你準備動筆之前，在思考要寫什麼的時候，你應該問自己所想的這些內容，是不是有符合題目的要求？我想寫的這些主題，哪裡美好了？

能夠給人家美好的感覺嗎？如果沒有，那麼你所想的主題可能不是一個很好的題材。

詰問自己，是寫作前非常重要的過程，在寫之前要先化身成最毒舌的評審，嚴格的質詢自己提出的主題，也許思考後的結果會賞了自己一巴掌，但總比寫出一篇莫名奇妙的文章要來得好太多。寧願花時間去想，去反覆爲難自己，也不要寫到一半不曉得該如何是好，或者寫出通篇不知所云的文章。

第二個要思考的，是這樣的題材能不能符合自己的能力。

所謂自己的能力，在於你要喜歡的、你要了解的、你要有感覺。當然，什麼題材都能拿來寫，問題是，你有沒有能力處理你所選擇的題材。如果你不喜歡，你不了解，你沒有什麼感覺，那就趕快換一個吧！

別以爲這是大家都能明白的概念，大部分的學生都很容易犯這個錯。人啊！總是好高鶩遠，總是自以爲是，總是人云亦云，會這樣都是因爲對自己的認識不夠。很多學生在挑選主題的時候，很容易受到他人的影響，讀過的文章、老師的教誨、父母的期待，同學的耳語，但卻忘了自己是否喜歡、了解所要書寫的主題，或者有一定程度的感覺。在這種情況下隨意定下了寫作方向，然後就把自己卡死了。

比如說，〈我夢想中的職業〉這樣類型的題目，會有很多學生可能覺得太空人很了不起，可能覺得醫生很偉大，可能覺得棒球員很酷，就選擇了這些職業來作爲書寫的主題，卻忽略了自己是不是對這些行業有足夠的了解。在這種情況下，文章要寫到一半都很困難，因爲根本不知道太空人在做什麼，根本不了解棒球員的生活，也無法體會醫生的工作內涵、意義，這樣的文章到最後就變得不停的重複跳針、不停的灌水，所以要了解自己的能力有沒有辦法處理我想要書寫的主題。就像做一道菜一樣，你覺得佛跳牆很棒，很威，所以想做佛跳牆，很好啊！但你做得到嗎？如果做不到那麼就做你會做的菜色吧！哪怕只是一顆荷包蛋，都會比亂七八糟的佛跳牆來得好。所以挑選題材要符合自己的能力。

最後的要求是，你所選擇的題材是否能撐起一篇作文所要求的意義與篇幅。如果你選擇的題材太稀鬆平常，缺乏重要性，或者沒有足夠的說服力，那麼很容易三言兩語就交代完畢，這樣的文章不但乏味，也難寫長，除非你是天生的練武奇才，不然其實很難有什麼突破性的進展。比如說〈讓我後悔的事〉，你明白要寫後悔的故事與感受，但你挑的題材是買到不好吃的冰棒，那就是在爲難自己了。不好吃，很難過，下次挑冰棒要注意，除了這些還能寫什麼呢？

所以在挑選主題上，要能預測能不能夠讓它變成一篇擁有深刻意義，同時有足夠字數的文章，如果做不到那就不要碰。

那要如何得知我挑選的主題是否滿足上述三個條件呢？很簡單，我送你六字眞言。

當你要選擇這個素材的時候，先問自己「爲什麼」？這三個字的意義在於讓你想清楚，爲什麼是這個題材？這個題材符合題目的重點嗎？

經過這些問號的反覆拷問後，你所選擇的題材依然屹立不搖，那麼或許這個題材的選擇是適合的。接下來，另外三個字就可以上場了，這三個字就是「然後呢」？

這三個字的意義在於你是否能掌握這個題材，能否藉由這個題材發展成一篇文章？如果你所選擇的題材經得起這六個字詰問，那麼恭喜你，你找到了一個很適合，可以好發揮的主題了。

所謂知已知彼百戰百勝，了解題目要你寫的重點，然後了解自己的能力，找到最適合詮釋這個重點的題材，作文怎麼可能有寫不好的道理。

寫作藍圖

明白題目要你寫什麼，也知道自己該寫什麼之後，接下來要好好想想「怎麼寫」這個問題了。

文章寫作的過程是這樣的，從解題開始，明白題目的意思後確立核心，然後針對這個核心重點取材，接下來決定文章的結構。在這個過程中，我們可能會忘了某一個書寫的元素，可能扭曲了當時的想法，而只要這個過程中，有一個環節出現問題，文章就有可能寫不好。

另外，一篇好的文章應該要能滿足三個層次：賦、比、興。這是從《詩經》中的創作經驗歸納出來的表現手法，但也符合文章的三種層次。賦指的是敘述，這是一篇文章的基本；比是以彼喻此，也就是譬喻，這是文章的修辭表現；興是心情與想法的抒發。一篇好的文章，敘述要清晰，修辭要優美，情感要動人、觀點要有深度，兼顧這些面向，文章才能躋身一流的境界。

所以從過程與層次，我們都需要寫作藍圖，藉以釐清，並提醒自己的寫作重點與方向。

尤其是命題式作文。因為學生在寫作文時，比較沒有辦法像文字工作者或作家那樣，可以花大量的時間在修改上。其實嚴格來講，學生第一次完成的文章只能算是草稿，但由於學校並沒有那麼充裕的時間讓學生有修改的空間，以至於剛完成的稿子就是定稿了，那本來應該視為草稿的。

所以思考就變成很重要的事情，在下筆之前先想清楚自己要寫什麼，不要寫到一半的時候才發現自己出現了什麼問題，或者是思考的不夠嚴謹而缺乏相關元素無法再寫下去。

所以這就是寫作藍圖的重要。因為在擬定寫作藍圖的時候，就是在思考自己要寫什麼了，這等於在腦海中模擬出一篇文章，其實就某種意義上來說，就算是草稿了，像一般作家在作品出版之前，至少要歷經三次校對以上，然而面對命題式作文特有的時間壓力，如果能在腦海中先模擬出一篇文章的樣子，就等於是先把題目的意思與重點做推敲，等到落實在稿紙上的時候，就會比較接近草稿修整之後的狀態。這麼說好了，你在動筆之前所制定的寫作藍圖愈清楚愈明白，你就能愈快完成文章，也愈有餘力去對文章進行整修。

那什麼是寫作藍圖呢？就是寫作大綱，擬大綱的好處非常多，首先是結構的穩定。你可以知道自己大概要分幾段，然後是重心的布置，透過大綱你可以掌握自己每一段要書寫的重點，甚至還可以決定每一段的長度。

大綱就是一份地圖，讓你更精準的掌握自己的想法，讓自己明白接下來的文章要往哪裡走。

但我也知道很多學生在擬定寫作大綱的時候，會出現一些技術上的障礙。不是寫得很短，短到不知所云；要嘛就很長，長到幾乎把時間都花在寫大綱上面了，所以我這邊有個簡單的方法可以教大家：九宮格寫作計畫。

九宮格寫作計畫是把題目寫在九宮格的中心，然後把你想得到的與題目有關的元素，寫在其他的格子裡面。接著再去思考有哪些元素是可以合併，哪些是不需要的，確定好自己要寫作的元素之後，你還可以標明各元素的出場順序，還有其重要性。

九宮格寫作計畫避免了擬分段大綱的長短尷尬，也沒有心智圖的繁雜費工，透過思考這些寫作元素的存留、出現順序、重要性，可以快速地協助學生明白寫作的重心與方向。

透過這些九宮格的思考，一定能幫助你掌握題目的重心，掌握自己要寫的方向根據我的經驗來看，寫作之前花一點的時間思考去填寫九宮格，會比馬上就寫來得更爲有效率，速度更快而且更不會離題。

作文之所以讓學生感到困難，就是因爲思考不夠完整所帶來的困境。寫一篇文章的時候，你只是憑一模糊概念就下筆，前因後果，相關元素都沒有想清楚就急著動筆，這是多麼可怕的事啊！

即使你理解題目的重心，也找到了適合的題材，但沒有經過思考該怎麼表現就寫，再好的題材也極可能因爲你沒有好好思考結構順序而變得混亂不堪。因爲學生不像一般文字工作者，沒有大量的寫作經驗，也缺乏因爲這些大量寫作經驗所培養出來的思考習慣，所以最好制定寫作計畫，不要只憑一個概念或一時衝動就下筆，因爲這樣的寫作方式很危險。有一份寫作藍圖，它能幫助學生避免邊寫邊修正的狀況，邊寫邊思考對於寫作來說是很危險的，不是寫到一半卡住，就是寫到最後離題。

決定好寫作藍圖，就像設好衛星導航一樣，會幫助你平安順利抵達終點站，這是寫作藍圖最大的意義。

我為什麼寫不長？

長度，一向是大家關心的問題，嗯……，尤其是作文。

你可能有聽過這個屬於六年級生的校園傳說。聯考的時候，面對爲數眾多的考生作文試卷，評審老師會用電風扇來決定分數。在他開啓電風扇之後，被吹得愈遠的試卷分數愈低，愈近的分數愈高。爲什麼呢？因爲重量。被電風扇吹得老遠的作文試卷，因爲試卷上沒有足夠重量的油墨，所以才會因爲太輕而被吹遠，而飛不動的試卷就是字數很多，所以油墨的重量壓得試卷飛不起來。

這雖然是個笑話，但多少也反映出我們對於作文的看法：文章寫得愈長愈好，因爲字數少的評價低，字數多的評價高。

其實根據我們的求學經驗，很多師長對於評判一篇文章的最低門檻，就是學生文章篇幅的長短。

所以囉！文章的長度是挺重要的，其實這也是挺合理的判斷，因爲一篇文章寫得愈多，資訊量才會愈充足，也能清楚表達自己觀點與感受。就像一道菜的分量一樣，菜的分量很少，就無法給人滿足感，所以文章要有足夠的長度，足夠的字數，才會產生某種程度的作用，比如說服力、感動力。而且就寫作的情況來說，學生能夠把文章寫長，的確是一件好事，就像之前所提過的流水帳概念，能夠把文章寫長，表示學生的敘事能力有一定的強度。

既然寫長這麼重要，那爲什麼學生的文章會寫不長呢？這可以從心態上與技術上來討論。

學生寫不長的主要原因，在於懶！寫字很累的，想著寫什麼也很累的。在這樣雙重疲累的攻擊下，寫作文根本是一件人人避之唯恐不及的事，如果沒有很強的意志力或動機，能寫多短就寫多短，能多輕鬆就多輕鬆，趕快交差了事就好，不用寫就最好了。

懶的另一個雙胞胎兄弟是煩，寫作文很煩，要一直坐在椅子上，不能出去玩，於是草草了事，寫作就像在進行短跑比賽一樣，只想趕快寫完趕快出去玩。隨便寫一寫，只要碰到麻煩的描述，心裡想的不是怎麼辦？要寫什麼？而是隨便啦！這樣就好了。

這些就是所謂的心態問題，懶惰的人不想寫，沒有耐心的人拒絕寫，甚至討厭寫，但這些都算基本的問題。懶惰的人可以靠要求、獎勵來增加他們寫作的動力；

沒有耐心的人可以用磨練、間歇的休息來強化他們的紀律。

最嚴重的問題，是那些害怕寫作文的人。所謂害怕，不是怕寫不出來、寫不好，而是寫出來怕被罵。老師會有要求，父母會有期待，同學會有比較，尤其是前兩種，對孩子來說是非常大的壓力。想一想，我們在職場上，有時會呈交一份報告、方案、企畫給長官，那時候的我們難道不是戰戰兢兢，萬分惶恐嗎？如果身經百戰的大人都這樣了，更何況是心智還未發展成熟的孩子。

於是，因爲寫作文而備受打擊的孩子，爲了避免這種處境，怎麼敢寫多？人家說多做多錯啊！寫多被罵，寫少一點也被罵，當然寫少一點啦！而被罵完之後還要改，那乾脆等大人來告訴自己要寫什麼，何必那麼辛苦。

怕的問題很麻煩，因爲孩子受傷了。也許你很不屑，也許你困惑，也許你不明白，也許你很同情，無論你是用什麼角度來看這件事，結果都是一樣的。這個時候就要靠誠意來解決。要更有耐心，同時要更寬容，更有耐心等待孩子寫作，更寬容地看待孩子完成的文章，然後多加鼓勵，讓孩子相信，其實我是可以做到的。

另一個孩子寫不長的原因，在於技術問題的層面。最主要的癥結點在想法。他們可能想得不夠多，想得不夠深，想得不夠廣，想得不夠細，這是孩子很常見的問題。因爲想得不夠多，所以忽略其他可以寫入文章的元素；想得不夠廣，所以無法延伸做得不足；想得不夠細，所以在面對更細節的交代解釋時，常常一語帶過；想得不夠深，所以無法挖掘意義與想法。

所以寫不長的學生通常都是想法上面不夠周延，因爲不夠周延，所以無法把主題該有延伸出來的細節做清楚的交待。比如說人事時地物的交代、因果關係的說明，還有時間先後的表達，很多學生就會忽略這樣的情況。

心態與技術是會互相影響的，因爲懶、因爲煩、因爲怕，自然不想去思考得更多、更廣、更細。思維、思考上的延伸做得不足，寫作就變得更困難，就會更懶、更煩、更怕！於是就成爲一個可怕的惡性循環。

要打破這樣的惡性循環，就要花耐心去跟學生溝通討論，協助學生做好延伸的工作，讓他們能順利地去擴充應該要詳細說明的資訊，進而延伸出更完整的想法，然後配合鼓勵與實質上的獎勵，增加他們寫作的動力，就有機會重塑這樣的循環。

但有些技術上的觀念，可以加強。比如人事時地物的說明，讓學生在文章中能清晰地陳述人事時地物，這樣一句話就能變成一個段落，文章變長了，意思也清楚了。再來是因果關係與時間。把前因與後果加進來，把時間的先後順序加進來，同樣也能讓文意變得清楚同時擴充文章的長度。

另外就是可以針對一些修辭上的擴充，有些學生的句子過於簡單，所以如果可以加上一些修辭，不但能讓文章變得更優美，也更能傳達自己的感受與情緒，而句子會變得更長、更精確。

寫作需要時間的醞釀，不管是寫作前的思索，還是寫作時的疾書，都是需要時間的。總之要耐心的等待孩子的成長，因爲時間就該浪費在最美好的事物上，爲了孩子而等待，還有什麼比這更美好的呢？

文章的裁切

「以後你在寫作文的時候，不准超過二頁半。」當我對小恩下達這樣的禁令時，她睜大了眼睛看著我，瞳孔裡寫滿著不可置信。她可能第一次遇到這種事：有人嫌她文章寫得太長。

小恩是我的學生，成績優秀不說，更是多才多藝，不僅是弦樂團的成員，更常代表班級參加作文比賽。照道理，這樣的學生我沒有什麼好擔心的，更不應該下這種禁止令才對，但是就是因爲小恩太優秀了，我才會下這樣禁止令。

小恩會把文章寫得很長，常常超過五頁，如果以一頁兩百字來計算，她每一次上課寫的作文，動輒就要超過一千多字以上。

這不是很好嗎？

未必是如此。

在上一篇的文章裡面，我的確說到作文要寫的夠長，才能夠清楚地表達自己的意思，但這並不代表文章一定要寫的非常長，這還是有一定的限度。

一篇長文的確可以看到學生的努力與能力，但短文更可以看孩子行文的精確與精緻。寫長、寫短，都有其寫作情境的需求，重點是品質。

很多人一直認爲文章寫的愈長，才代表好看，這種想法也沒有錯，只是不全對。文章寫得愈長，表示自己懂得愈多，很能旁徵博引、舉一反三，靈感源源不絕，所以寫到欲罷不能。

這是一個很合理的推論：文章寫這麼多的人，一定有很多想法，讀書讀得很多，一定很有學問，所以寫作文一定要寫長一點，才會顯得自己很有學問，很厲害。一般人會這樣想，所以文章寫的很長，這是寫作者的視角。因爲文章愈清楚完整，就表示自己的寫作工作做得很盡責。

在我的印象裡，文章寫得超長的學生，大多數都是全班、甚至全校成績優異的學生，要不然就是寫作能力很好的孩子。他們會寫，能寫，可能也愛寫，所以把文章寫得很長，正是展現自己能力最好的機會，再加上學校的競賽偏愛寫得落落長的文章，所以在捍衛自尊與追求榮耀的雙重動力驅使下，他們的文章總是寫得有如滔滔江水連綿不絕，又有如黃河泛濫，一發不可收拾。

但追求長度並不是寫作文的唯一方向，一篇文章最重要的關鍵，還是讀者在看完之後能有什麼樣的感受與體會。

一座花園裡的植物，是需要修剪排放的，如果只是放任其蔓延生長，美麗的花園只會讓人覺得荒蕪淒清，甚至是幽暗恐怖。這時就需要園丁的修整。一位負責任的園丁，是不會放任花園裡的植物隨意生長，所以他會透過有系統的修剪，讓一座花園變得更美麗。

裁切文章的工作，就像是在修剪花園裡的植物一般，爲的就是讓花園變得更美麗，而你就是那位園丁，你的文章就是這座花園。

一篇文章最重要的，是要去突顯文章的核心價值，然後讓讀者明白作者想表達的道理與感覺。所以透過文章裁切的工作，去突顯一篇文章的重點，就變得是一件非常必要的工作。

裁切文章工作有三個要達成的目標：快、狠、準。

所謂快，是要快一點進入重點。這樣做的好處是讓文章的節奏變得輕快明確，讀起來就不會有拖泥帶水的感覺。很多學生喜歡吊書袋、喜歡鋪陳，這不是不好，但有時會寫到忘我，總要寫到兩百字之後，才開始進入文章的重點，這樣做其實是在考驗讀者的耐心。尤其在面對考試的時候，作文考試最大的壓力就是時間，最重要的資源也是時間，在有限的時間內，當然以突顯重心爲主，一味地講究鋪陳，到最後重點沒有寫到多少考試時間就到了，那就眞的虧大了。

狠，指的是裁切文章的時候要心狠手辣。與文章主題相關不夠強，不夠明確，不是很重要，甚至無關緊要的元素，都要狠心加以捨棄。要決定什麼樣的內容可以留在稿紙上。在早期訓練學生寫作的時候，我們歡迎學生把所有想得到的元素都寫出來，但在透過一段時期的練習之後，這種情況就要改變。透過文章裁切的觀念建立，要懂得讓留在稿紙上的每一個文字，都有其存在的必要，都能發揮其功能，這雖然是結構主義者過於嚴格的期盼，但也是一個值得追求的目標。

準，就是精準。裁切文章的時候絕對不能削足適履，文章經過裁切修整後，不僅是句子要簡明扼要，減少贅字，更不能失去原來的重點，連沖淡都不行，反而要能更彰顯整篇文章的內涵。之前有提到流水帳是寫作基礎，但總不能一直流水帳下去，所以要讓學生知道哪些材料是與主題有相關的，哪些與主題的關連性不夠強，哪些材料是最重要，一定要寫很多，哪些是可以用來輔助說明或簡單一語帶過。透過這樣的思考，讓文章各元素可以互相襯托，進而互相輝映，讓文章變得精緻。

這三點不僅是面對學校課業、考試時的寫作態度，也是一般創作者該有的嚴謹。

之前的九宮格寫作藍圖的思考方法，其實就有因應文章裁切的功能。設定好文章的重心，明白其他搭配的元素，寫作時就緊依九宮格內所提示的寫作重點、字數規畫、出場順序，這些也都是文章修整的指南。

所以文章不僅是要長，更要精。這是寫作最重要的方向。至於小恩，當然因爲這樣的限制而讓文章變得更加明確，節奏感更好。她從會考到學測都考得很好，但這是她努力的結果，我只是教她作文而已。

修辭不是作文的全部

我見過這樣類型的文章：晶瑩剔透的文字，那些運用各種修辭技巧，各種險字對仗的文章，讓文章看起來是如此華麗紛陳，宛如一座宮殿一般。

這是很多學生與家長追求的目標，好像只要文字優美，詞句精緻，就是一篇好文章。當然，作文本來就是運用文字的能力，所以能讓文章變得優美華麗，何樂而不爲呢？但是，一篇滿紙文字被修飾得閃閃發亮的文章，眞的就是一篇作文嗎？

修辭等同於作文。這是很多家長的觀念。但其實不是這樣的，作文應該要大於修辭才對。怎麼說呢？

修辭是一種技巧，但在技巧之前，更重要的是想法與內容。舉個例子，現在綜藝節目很流行卸妝這個單元。想一想，如果一位美女在卸妝之後，變得跟之前差很多，你會不會覺得很失望？然後大嘆：現在化妝術眞的太神奇了。

我認爲修辭在某種意義上，也算是一種化妝術，一種文字的化妝術。別誤會，我不是否定修辭的價值，我認爲修辭很好，可以讓文章變得更美，但前提是，文章本身要有足夠的內容，讓修辭發生作用。

修辭是應該依附在文章的內容之上，目的是爲了突顯某種觀察、想法，而且讓人印象深刻或能輕易理解。所以文章本身要夠有想法，內容要夠有意思，在這種情況下，修辭的運用才有意義。

如果文章本身的內容空洞，沒有什麼特別的創見，立論也不精采，毫無創意可言，你認爲修辭能救得了這樣的文章嗎？

我之前曾經說過，作文最重要的就是想法，文字只是一種表達這些想法的工具。文豪之所以是文豪，就是他能適當地使用文字工具，就像大俠一樣，武功要夠強，所使用的武器才能發揮最大效用，如果武功很爛，就算用倚天劍、屠龍刀，對手搞不好什麼武器都不用就能贏了。

我認爲寫作順序應該是這樣的：是先訓練孩子觀察的角度，還有獨立思考的能力，讓孩子盡情揮灑創意。之後，奠定好敘事的基礎，再來討論修辭，這樣才會有意義。

修辭是一種工具，目的是要讓自己的文章更精準、更美、更有感情。注意，修辭是工具，之所以使用這些工具，目的是讓文章變得更好看。所以推敲起來，文章本身要有足夠的內容、想法，才是最基本的，也才能承載修辭的力量，不然文章本身會被修辭整個吃掉而空洞。

這樣說好了，一棟大樓如果地基不夠穩固，完工之後用再漂亮的裝潢，它還是一棟危樓。又比如說，一盤菜如果調味得過多，雖然會讓人吃得很開心，但卻留不下什麼印象，因爲你並沒有吃到食物的原味，而只吃到調味料，這樣的菜說起來是不健康的，吃多了還可能要洗腎。

當然，修辭沒有這麼毒啦！但如果寫作時一味強調修辭，往往會忽略了文章更重要的元素：細膩的觀察，獨特的想法，有創意的思考，富有想像力的聯想。

我曾教過一個學生，哇塞，她的作文寫得眞是好看，但問題就出在太好看了。這位學生的作文，每個句子都是精雕細琢，乍看之下眞是驚爲天人，覺得寫得眞好。然而細看之後，我發現他過於強調句子的細緻，用了大量修辭技巧與形容，在精雕細琢的華麗外表下，我有一種很荒涼的感受，因爲在精雕細琢的內部就是一片荒涼。

空洞！看完之後沒有感覺，就只是覺得用字遣詞很講究，這是沒有靈魂的文章。我承認，因爲工作的關係，在十餘年的寫稿生涯中，我也寫過一些沒有感動、沒有靈魂，只求苟全性命於職場的文章。這是大人不得不面臨的滄涼，但我們要讓孩子經歷這一些嗎？

我們之所以強調修辭，是因爲我們誤以爲那就是文章的全部，其實眞正打動我們的那些經典文章，它帶給我的是感動，是理解，是想像的可能，而非只是華麗的詞藻。還記得魏晉南北朝的駢文嗎？駢文很美。用字講究，鋪陳精緻，但一味追求詞藻與對仗的後果，是讓文章愈來愈空洞，到最後都忘了當初爲什麼要寫這篇文章，只記得要努力追求讓人目眩神迷的字句。

寫文章寫到了最後，忘了自己想傳達的意義，只是一心一意地強調修辭，這眞的值得我們讚頌？

其實我們會認爲修辭很重要，那是因爲修辭的效果最明顯，但這也表示我們看到孩子的作文，就只看到這些調味料、這些裝備，其實我們看漏了很多東西，很多孩子在文章中所表達的情緒、觀察，還有他們試圖以自己的方式理解這個世界的勇氣，及感受到的所有一切。

修辭不是作文的全部。眞的。不要讓這些調味料蓋過食物原來的美好滋味，別因爲修辭而忽略了文章更應該重視的感動。

成語＝作文？

這是一個非常有趣的命題，關於成語，很多人是如此推崇。

說眞的，教作文這麼久了，對背成語這件事的熱度從來沒有退過。背詩詞，我懂，因爲可以記下千古傳頌的詞句，也可以在日後慢慢體會其意境；背名言佳句，我懂，因爲可以領略先哲的智慧，更可以成日後人生的座右銘。

但背成語，我眞的不大懂。

背成語！這是我最常聽見家長對孩子的要求之一。好像把所有成語都背起來之後，作文就沒有問題了。我大概能體會坊間的說法與家長的想法。

成語是中文系統中凝結自各朝各代的思想、故事，及文學創作，是極爲可貴的文化結晶，如能掌握這一文化結晶，就能完整消化中文系統中來自各朝各代累進的傳統，掌握了此傳統就能掌握中文運用的精髓，掌握中文精髓，文章自然就能寫得好。

故背成語＝寫好作文，得證。

這是屬於比較華麗而且冠冕堂皇的證明公式，另一種簡易版的公式如下：

成語都有典故，運用在文章中會讓人覺得這篇文章有學問；成語都有比喻、象徵的意思，而比喻、象徵就是修辭的重要方法，修辭能讓文句變得更優美，而且運用成語的典故能使文章變得有深度。

故背成語＝寫好作文，得證。

這兩種證明公式反映出大多數家長心中隱隱約約浮現的想法。在很多人心裡，背成語＝寫好作文，這個公式之所以成立，可能與自己的成長經驗有關。我們小時候在寫作文時，只要運用到成語或古人說過的名言佳錄，馬上就會被老師密密加圈，而且還會因此得到高分。那時的師長在聯考前夕，甚至還會提醒我們：「考作文時，不管碰到什麼題目，成語、名言加句用力給他用下去就對了。」

因爲有過這樣的成長經驗，所以我們才都認定，寫作文一定要用到成語，這樣才算是一篇好文章。

但眞的是如此嗎？

別誤會，這樣的提問並不代表我否定成語的價値，成語的確很好，如能運用得宜，眞的能爲作文增加色彩。但讓我們回到文章本身，你眞認爲一篇文章的好壞取決於成語使用的多寡嗎？應該不是吧！如果你也認爲應該不是，那又爲什麼認爲背成語等於寫好作文呢？

一篇文章最重要的關鍵，在於它所陳述的想法與感情，這是最基本的。成語的使用只是輔助作者更有力、更快速、更直接地讓閱者明白他/她想論述的說法，也就是說成語只是工具選項之一，文章之中用不用成語，得看這篇文章有沒有需要，沒有非用成語在其中的限制與要求。

根據統計，目前收錄的成語約兩萬個成語。兩萬個耶！如果一天背十個，全部背完也用近三年的時間。別忘了，你的小孩還有其他東西要背，像英文單字、社會、自然等。天啊！這樣實在太辛苦了吧！

背成語沒有不好，但如果只是不求甚解的囫圇吞棗，那就不太好了。成語是有典故的，四個字的成語包含了一段歷史，一個人物的品性，這些才是最重要的資訊，每一個成語的背後都有一個值得深究的故事，不去理解這些故事，不去看待這些人物，不去知道這些歷史，這多麼可惜的事啊！一個成語，就是國文＋歷史＋地理啊！了解一個成語典故所得到的，遠比背十個成語還多呢！

寫到這裡，我必須再強調一次，成語很好，它是非常精緻的文字，更是中華文化的結晶。成語很棒，我很贊成讓孩子去接觸成語，如果他們願意在文章中使用成語，我樂觀其成，但我不會把成語視為教學中最重要的環節。

因爲我覺得，孩子有的是想像力與創造力，應該由著他們自由發揮。從某種角度上來看，是沿用古人的思維與見解來描述孩子眼中的世界或心情，這不是不好，只是可惜了，爲什麼不讓孩子用屬於自己的方式來表達呢？

有一個學生曾在一篇作文中如此描述街景：街上擠滿了人，馬路上更是塞滿各種車輛，車尾紅色的燈光相連，像一條巨大的火龍……。

另一位學生則如此表述自己肚子痛的感受：好難受哦！好像一千支針在我的胃裡刺來刺去，好痛啊！

這兩組句子都寫得很好，很生動。如果只是用成語，第一個句子用車水馬龍就搞定了，第二個句子就用痛徹心腑。但這樣做你不覺得這樣很可惜嗎？孩子可以運用自己特有的表達方式來表述自己的觀察、感受，這不是很好嗎？用了成語，是也不差，但長期來看，我們會剝奪孩子在表達上的獨創性，他們以後只要在腦海中搜尋適合的成語來使用即可，不必絞盡腦汁去創造句子。

成語很好，但不要迷信成語；成語很精緻，但孩子的創意很獨特。我不是否定背成語的功效，只是希望大家不要認爲背成語是寫作的特效藥。就讓孩子寫寫看，寫多了，寫久了，用文字思考成某一種慣性了，他們就會知道該怎麼用成語的。

第4章

寫作時卡關攻略

完成一篇作文，其實就像完成了一次心靈旅程。但這趟旅程陷阱不少，這些陷阱都會造成你無法抵達目的地。講得好像跟探險一樣，但事實也是如此。寫作總是一場自我心靈的探索之旅，而且很麻煩的是，你只能一個人孤身上路，沒有同伴，更不會有嚮導，所以如何在這場探索之旅中避開陷阱，是一門值得好好研究的學問。

完蛋了，我腦袋當機了

這是很多學生在考試結束之後，會對我說的話：我一看到題目，腦袋就當機了。

為什麼會有這種情況發生呢？我想大概是因為寫作情境的影響。寫作時的情境會決定學生的表現。寫作情境包含：環境、人、目的。

環境是指寫作的地方。譬如說在家裡寫作文，學生的寫作情緒可能比較放鬆，因為家裡的環境比較舒服，而且有父母能依賴，或者有Google可供查詢；在學校的課堂上寫作文，可能會稍微緊張一點，畢竟有老師盯著，會有某種程度的壓力。

不過，上述兩種情境的壓力取決於家長與老師要求的情況，如果老師與家長抱持著較為輕鬆的態度，孩子寫作文的心情也會比較放鬆，這就是人的影響。目的是指為什麼要寫這篇作文，練習性質與功課類型的作文，帶給學生的壓力就不一樣。

綜合上述的描寫，對孩子來說，壓力最大的寫作情境當屬考試與比賽，這兩者的情境除了有時間限制以外，還有展現出來的成績，所以是最嚴苛的考驗。不過因為比賽不是人人都有機會參加，考試則是每個學生都會遇到，加上作文考試的成績極有可能影響生涯規畫（如會考、學測）或對個人生命財產造成威脅（這一點，我們盡在不言中啦），所以是所有學生的夢魘。

寫作情境的差別，會導致學生臨場的寫作情況出現變化，尤其在面對考試時，更容易因為緊張而當機。

如果在寫作現場發生當機的情況該怎麼辦呢？

最大絕招，把題目扣在自己最懂的事，或目前正在做與做最久的事情。當沉浮在考場緊張的氛圍之中時，這是讓人免遭於恐懼滅頂的救生圈。

看到題目而不知如何下筆的時刻，不要緊張，把人生當中，你最懂的事情，這可能是你的興趣、你的最愛。如果你正在學鋼琴，而且學了很久，那麼就把主題跟鋼琴扣在一起；如果你愛打籃球，而且還是個灌籃高手，那麼請把主題與籃球扣在一起。

這樣的做法會讓孩子產生很大的安全感。爲什麼呢？因爲這些事情，極有可能是孩子做得最久、做的最好、最有感覺、最了解的事。無論從哪一個層面來看，這件事一定會伴隨著成就感、經驗、故事、回憶，還有對事件的理解體會，所以它的資訊量與素材延伸性是最好的。

所以，不管是什麼題目，如果你找不到適合的切入角度或題材，那就扣住自己最擅長的事情，這可是經過實驗證明的。

我目前有位小五的學生，每次寫作文總是想不到寫作素材，但她直排輪溜得很好，而且是學校的選手。於是，每次在引導課程結束之後，看著她一臉茫然的樣子，我便提議她可以從直排輪下手。

眞的很有用。無論寫什麼題目，她都能扣著直排輪這個主題，〈我最難忘的經驗〉、〈我最悲傷的時刻〉、〈我的光榮〉、〈我的快樂泉源〉，這些題目其實都很容易可以跟直排輪掛鉤。因爲她對直排輪的了解，體會與情感，讓她的寫作內容變得更扎實完整，而且寫作的信心更是從此爆棚。

這樣很好，不是嗎？所以我說這是救命的絕招，是面臨波濤洶湧的緊張大浪襲來時的救生圈。看到題目可能因爲慌張，可能因爲壓力而一時半刻想不出來該怎麼寫的時候，你回想自己做的最好的事情，而後以此爲寫作題材，即使是吃飯、打電動，這樣的事情都可以，總比在當場寫不出來要強上幾百倍。

但請記得這是救命絕招，不適合日常使用，怎麼說呢？我的確會教導學生用這個方式增強寫作的信心與內容，但當學生已非常熟悉這樣的寫作模式，而且可以得心應手的任意套用時，我便會禁止他們在寫作時扣緊自己熟悉的題材。因爲一開始的目的已經達成了，學生的自信與能力的確增加了，接下來就要開始讓他們去開發其他的可能，去思考其他寫作主題，而不是一味地依賴這種寫方式。

寫作訓練的主軸還是思考。培養學生建立自己的觀點的與想法，扣緊自己熟悉的專長、興趣來寫，只是一個訓練過程，我們還是會想盡辦法開發學生更多的能力。所以如果讓孩子只依賴扣緊自己熟悉題材的寫作模式，那反而就會變成一種限制了。

這一招很好用，它會讓孩子知道，無論面對什麼樣的寫作情境，我都有可以面對的能力。這會讓孩子有一種我能做到，我不害怕的安全感。在這種情況下，即使面對再困難的挑戰，也許眞的會遇到讓腦袋當機的題目，孩子還是能立刻從慌張中恢復鎮定，因爲他清楚的知道。嘿嘿嘿！我可是有絕招的。

小心！有陷阱

完成一篇作文，其實就像完成了一次心靈旅程，但這趟旅程陷阱不少，這些陷阱都會造成你無法抵達目的地。

講得好像跟探險一樣，但事實也是如此。寫作總是一場自我心靈的探索之旅，而且很麻煩的是，你只能一個人孤身上路，沒有同伴，更不會有嚮導，所以如何在這場探索之旅中避開陷阱，是一門値得好好研究的學問。

寫作時的陷阱其實都是自己的心理造成的，你的思緒將決定陷阱的可怕程度。

第一個陷阱來自於題目的理解。過於輕率的理解與行動，往往會讓自己在一出發的時候就陷入卡關的情況。

很多學生會一看到題目就動筆，但根據我的經驗，通常第一個浮現的寫作方向、念頭都是應該捨棄的，它是不成熟的，所以不要腦袋中浮現了一些想法就立刻動筆，最好是再去想想看，還有沒有更好的題材。

爲什麼這麼說呢？首先是因爲第一個浮現的想法，往往只是一個非常粗糙、模糊的概念。它可能來自於別人的說法，可能來自於同儕的起鬨，或者是題目有意爲之的引導。

這些想法可能無法操作化定義，也就是無法撐起一篇文章，但更麻煩的是，它會讓你的文章變得平庸。

寫作其實比的是觀點與想法，所謂語不驚人死不休，一樣的題目但是你能從中找到跟大家不一樣的切入角度或者觀點，就很容易脫穎而出，這一點不管是在課堂的作業，還是考試、比賽，都是適用的。

看到題目之後，你第一個浮現的念頭，除了有輕率解題的問題外，有更大的可能是面對大量競爭者的壓力。你最容易想到的題材，往往也是大家最容易想到的，這就表示你是跟大家在同一個主題下一起競爭。因爲主題都差不多，所以文章的結構與轉折也就不會差太多，所以這個時候比的就是用字遣詞。

於是誰的敘事優美，誰的用字遣詞講究，就會在相同主題中被比較，很多細節就會被放大，你必須努力讓寫出來的文字，晶瑩剔透到讓評審愛不釋手，不然只要稍一不慎，可能就會被其他人狠甩十幾條街。就好像你在吃迴轉壽司一樣，前前後後來了五十幾盤鮪魚，於是加工料理技法就成爲重點，炙燒的、加檸檬、美乃滋的，這些不同烹製手法決定了這道壽司的評價。

但如果能夠另闢蹊徑，找出一個獨特的觀點與切入角度，讓人眼睛爲之一亮，那情況就會有所不同，你就很容易脫穎而出。再回到迴轉壽司的例子，前前後後來了五十幾盤鮪魚，當你看到很一般的壽司卷時，就會讓你忍不住多加注意一下，這是一樣的道理。

所以當你一瞬間所想到的題材，不妨再沉澱一下，再去想一想還有沒有更適合的題材，也許就能有更好的發揮。

接下來的陷阱是寫的很順的時候。很怪是吧！寫得很順不好嗎？不是不好，還是有危險。

事情進行得太順利，總是會讓人失去警戒，寫作也是如此，根據我的經驗，學生寫得很順的時候，很容易陷入離題的窘境。

怎麼說呢？臺語說：軟土深掘。你挖到了軟軟的土，所以就會想要順順地一直挖下去，比喻得寸進尺。用來解釋寫作的情況，則是因爲寫得很順的時候，就會一直往很順的方向寫下去，就像挖掘軟軟的土一樣。寫得很順，並不一定代表你很強，而是你正在寫你拿手偏愛的方向，因爲偏愛，因爲拿手，所以比較容易下筆，於是就會一直寫一直寫，寫到讓人沉溺其中，寫到以爲自己很棒，而忘了檢視一下目前寫的內容與主題的關連性，到最後才發現整個文章都偏離了主題。

寫得很順利的情況，通常會是寫事件比較多，譬如說，〈一次難忘的經驗〉，有些人會寫到比賽，接下來他就把重點放在比賽的過程，把整篇文章變成一篇比賽的實況報導。類似的情況有很多，旅遊類型的文章把重心放在景點的資料整理，寫到的書籍、電影的觀後心得，卻不停在寫劇情介紹。

爲什麼會有這種情況發生呢？因爲寫事件很容易，心情、感受、觀點、體會，就要花很多力氣。事件很具體、過程很清楚，所以描寫起來覺得很舒服，可以迅速地累積字數，然後很有成就感，於是就寫更多，寫到最後就完全偏離當初預設的主題。所以當你寫得很順的時候，請你務必有所警覺，停下來檢視一下，看看文章是否還是朝設定的目標前進。

再來是心中的安全感作祟。想要面面俱到，想要求四平八穩，尤其在碰到論說文的題型時，很常出現這種某一件事有好有壞的敘述。

論說文類型的題目最重要的是立場堅定，斬釘截鐵，不容任何質疑，也沒有任何轉圜空間，最忌諱的就是立場搖擺，說法前後矛盾。所以，最好不要寫出有好有壞這樣的論調。因爲以我的經驗來看，國中小學生的觀點、想法還可能不是那麼成熟，如果針對某一件事情提出看法時，寫到有好有壞常常就會出現自我矛盾的情形，這就會導致整篇文章的邏輯出現很大的問題。

所以盡量用二分法來處理，也就是Yes or No。看你要選擇站在正方還是反方，選定了之後就全力捍衛這樣的立場。不要擔心寫不夠長，而試圖正反兩方同時納進來討論，一旦沒有控制好，就很容易變成漏洞百出的文章。

不要急躁，試著去思考出不一樣的切入角度，謹慎地看待自己的寫作情況，堅定地捍衛自己論述立場，這樣一來才不會誤入陷阱，也才能完成寫作的心靈探索之旅。

Ctrl C與Ctrl V

複製、貼上，相信這是許多人熟悉的兩個電腦指令，尤其是進行相關文書工作時，這兩個指令可說是絕佳的幫手。

但是，Ctrl C與Ctrl V的功能我懂，作文很重要我懂，可是這兩者放在一起就很難懂了，你正在這樣想對不對？

寫作文關這兩個指令什麼事？

當然有！

總是會有一些作文題目超出孩子的能力，畢竟孩子的人生經歷有限，看法也還不成熟，見解也不夠完整，碰到一些關於人生經驗、情緒或者關於現象分析的主題時，難免會覺得無從下筆。

最容易出現這種狀況的題目，譬如說出國，或者關於離別這樣的主題，有些經驗和感受，孩子還沒有接觸到，他們沒有面臨過，更別說思考過、體會過，這樣的題目當然會讓他們覺得困難。

這不是孩子的問題，雖然如此，但他們還是得面對，所以怎麼辦呢？

這個時候就只有靠想像與創造，但所謂想像與創造並不等於純粹的無中生有，至少一開始不是，因爲憑空杜撰也是需要練習的。

那就交給Ctrl C與Ctrl V吧！當你碰到不曾經歷過的事情時，需要開始當編劇的時候，就要運用Ctrl C和Ctrl V的技巧。

很多學生在寫作前總是很愛問我：「老師，我可以用編的嗎？」「當然可以！你要寫什麼就寫什麼。」但我會補充條件，「但前提是要讓人家看不出來。要讓我相信這是眞的。」本來就是啊！寫作時的重要境界，就是要讓讀者在閱讀的時候會有共鳴，不管是感動、相信、折服，前提是，你要讓他相信這篇文章所寫出來的一切。

但憑空杜撰對目前的學生來說並不容易，因爲要能夠靠想像創造出一個故事，除了要有強大的敘述能力，還要有對編纂主題的豐富常識，就算這些都做到了，還有一個最大的問題：情感不夠投入。

很多學生自行創造的時候，天馬行空到沒有邏輯可言，然後缺乏謹愼的規畫而讓故事充滿矛盾，更麻煩的是，會忘記了自己是這個故事當中的主角，所以會把重心放在整個事情的描寫，雖然文章的確是完成了，但內容相當平淡，甚至可說是冷漠，沒有情緒、沒有感覺，好像是一篇新聞報導，這樣的文章就不好看了。

在這種情況下，Ctrl C和Ctrl V就可幫上很大的忙。所謂Ctrl C和Ctrl V（複製、貼上），其實有兩個步驟，一是複製，二是移植。複製是先找出自己聽過的、看過的其他人經驗，移植是根據這些經驗，經過適當的改編，然後變成自己的。

很多人都會誤會，這是抄襲，畢竟這個議題很敏感，但Ctrl C和Ctrl V並不是叫你抄襲別人的文章，把人家寫好的作品，字字句句抄下來變成自己的，而是要你把別人的經驗、情緒、感覺透過轉化，變成自己的感受。

說眞的，我們沒有辦法去經歷這世上的種種一切，但我們可以接受很多的訊息。當你在看書、看電影、追劇、看漫畫，甚至打電動的時候、當周邊朋友或世界傳來各種消息的時候，這些都能成爲你日後寫作的參考。把這些書中、劇中人物的心情與感受好好體會揣摩，然後變成自己的。當然發生在朋友身上的事情，也可以轉化成自己的故事，這樣一來，雖然有很多時候我們眞的就是沒經歷過那樣的事，也缺乏那樣的經驗，但藉著別人的故事、別人的經驗，我們還是能找到適合的切入點。

難不成，寫殺人的事件，作家就得去殺一個人嗎？當然不是，他也是綜合了他的所見所聞，然後消化成自己的成果。所以當遇見陌生，不曾有過相關經驗時，複製、移植是很好的方法。

另外還有一個方式就是渲染。所謂給你三分顏色，就開起了染房。渲染就是小事變大事，在某一件不甚重要的事務上，強化其重要性，也就是所謂的誇飾，但這個誇飾是把事件與情緒做適當的誇大修整，在既有的情緒基礎上加以放大。譬如說，要寫一篇關於離別的文章，你找不到適合的主題，突然想到班上有一位同學轉學了，雖然你與這位同學可能交情不深，也許只有那麼一點小小的惆悵，在事實與情緒的基礎上渲染放大，那麼就可以合乎題目的要求，這就是渲染。

找不到適合的題材？缺乏相關的經歷，Ctrl C、Ctrl V，還有渲染，掌握這把三叉戟，必然披荊斬棘，找到寫作的方向。

考試時的眉眉角角

提到考試，可能有些人會嗤之以鼻，認爲這是臺灣學生的悲哀，臺灣教育制度的一大問題。我也這麼認爲，但考試這件事就存在於學生的生活之中，就是他們要面對的關卡，而且一時半刻也看不到移除的可能，既然如此，我們就好好面對吧！協助學生面對作文的考試。

作文考試最重要的眉角，是時間。

作文考試困難的地方在於時間的壓力，這是很多學生在剛開始面對作文考試時的最大問題。不用考試的時候，可以慢慢來，好好琢磨怎麼寫，大家或許不會有什麼意見，甚至還可能誇獎孩子。

但考試的時候就不一樣了，五十分鐘內要完成一篇文章，不管你是誰，不管你有什麼驚世駭俗的文采，不管是什麼理由，沒寫完就是沒寫完，沒有人會等你，但一定會有人同情你。所以掌握時間就成爲面對作文考試的重要關鍵。

時間，對作文考試來說，是最重要的籌碼。所以一定要妥善分配寫作的時間，如果我們把寫作時的情境與時間搭配起來拆解的話，大概可以分成四大區塊：思、動、查、緩。

思指的是從拿到題目那一刻，到想起要寫什麼的這段過程。然後是動，開始動筆寫。查是指寫完之後的審視檢查。緩，是要給自己一個彈性，不要讓自己寫到最一刻才交考卷。在訓練的過程中，思、動、查這三個過程，要讓自己習慣在四十五分鐘之內完成，讓自己有五分鐘的彈性。

作文考試最大的忌諱就是高估自己，所以不要試圖去做超過自己能力的事，如果你的動作比較慢，那麼就不要試著寫多，不要想要做什麼鋪陳，要用時間來衡量自己寫作的內容、方向，還有長度，一切都要以時間作爲最後的依據，因爲你必須在時間內完成。沒有寫完，就是零分，哪怕你的詞語再優美，觀點再獨特。

高中學測是在九十分鐘內完成兩篇文章，對於時間的掌握就要更細緻，我的建議是，拿到題目時候，把所有的題目都看過一次，不要寫完一題之後才去看下一題。九十分鐘寫兩個大主題的文章，是非常辛苦的事，寫完一題之後再去看第二大題的題目，如果題目又很困難，可能會瞬間瓦解你的鬥志。兩題都看，自己先有個底，心情才會維持穩定。

不要遇到自己擅長的題目就卯起來寫，就算滿分也是二十五分，但如果因此花了太多時間而壓縮了第二題的寫作時，根本得不償失。所以要妥善分配好時間，不要厚此薄彼而顧此失彼。

說來你可能不相信，查字典會是拖垮寫作的壞習慣。怎麼可能？你在吶喊了吧！但這是事實。

很多學生喜歡查字典，這是好習慣但也是壞習慣，查字典最大的問題，是中斷了寫作的思考。

我不諱言查字典對學生在字音、字形、字義的幫助，但有好處的事情置於錯誤的時間點上，便成爲一種妨礙。

爲什麼查字典會對學生寫作文造成妨礙？想一想，你在用字典查一個字的時間，最快也要一分鐘吧！但在這一分鐘的時間，可能你原本想設定的寫作概念和想法，會因此消失不見。而且查的應該都不只一個字吧！所以每寫到某個時候，就會因為查字典而停頓下來，如果正要寫到關鍵核心時，為了查一個字而停下來，後果會是如何呢？

想法是稍縱即逝的，靈光一閃的念頭如果不趕快記錄下來，一旦要再尋回就麻煩了。寫作有時候要靠一氣呵成的魄力，設定好整個主題架構之後，以文不加點的專注度與速度完成，之後再來修整檢查，為的就是捕捉那剎那間的靈感啊！結果現在因為查字典而中斷了，找不到了，值得嗎？

如果有很多生字不會寫，所以沒寫幾個字就一直查字典，思緒一直被切斷，文章也就一直銜接不上。於是，有的人會愈寫愈短，有的人整篇文章的結構零亂、跳躍，這都不是好事。

那難道要寫錯字嗎？當然不是。查字典這件事沒有錯，但是不是可以先寫注音，等到整篇文章完成後再來好好的查呢？

對國中生來說，在寫作時查字典更是不應該，因為有考試的壓力了，要開始學會碰到自己不會寫的字時，除了事後深切檢討之外，還要知道怎麼去找其他的同義詞來替換。難不成在考試的時候，還有字典給你查。

另外一個讓我覺得很有趣的壞習慣，當屬立可帶。是的，讓整篇作文乾乾淨淨的，也是一件不錯的事，但考試的時間這麼寶貴，眞的要用來塗塗抹抹？這也是中斷自己思緒的一種壞習慣。並不是不能用立可帶塗消錯字，但可以先標注，然後待文章完成之後再來塗消改正啊！

細節決定成敗，這些都是小事，但考試就是比誰的犯錯少啊！一點一點的小錯，最後就會釀成大禍呢！這些眉眉角角，不可不察啊！

頭尾兼顧才是高手

對很多學生來說，第一段與最後一段幾乎是一個永恆的命題了。因爲對他們來說，這是永遠是最難攻破的關卡。

想知道如何寫好第一段與最後一段，那就得先明白第一段與最後一段的意義。分段的意義在於承載重點，同一個重點就寫一個段落，就像是個盤子一樣，一件盤子裝一道菜，如果把很多道菜都放在同一個盤子裡，不但不好看，而且味道會因爲各種菜式的混雜而變得不好吃。

我想這就是分段最基本的意義：一個段落承載一個重點。這不僅會讓寫作時的結構更清晰，對於讀者閱讀起來也更加友善。

從這個譬喻出發，那麼各段落的出場順序就像極了宴席出菜的順序。第一段就很像是一套餐點的開胃菜、前菜，其目的是要打開賓客的胃口，讓人期待接下來的餐點。接下來第二段、三、四段等這些段落，就是所謂的主菜，也就是文章當中你要討論的核心意義。最後一段就像是咖啡、茶飲，與好吃的甜點，讓人回味這一餐的美好。

這是段落存在的意義和出場順序的含義。所以第一段最主要的目的是要吸引讀者，對文章的內容感到好奇與期待。這是在寫第一段時最重要的原則，因此，第一段不用寫太多，「好像很有趣。」「好像有點意思。」只要能引發讀者想要看下去的欲望，那就算是成功了。至於想要說明的意見、想要闡述的觀點、想要抒發的情感，都應該安排在之後的段落。

很多學生會把第一段當成是回答問題在寫。他們把作文題目當成是問答題，比如〈我最喜歡的一本書〉這個題目，有些學生開頭就直接寫：我最喜歡的一本書是××××。這就讓文章變得像是在回答問題，缺乏讓人想看下去的吸引力。

要怎麼寫好第一段？我相信你一定聽過很多相關技巧或方法，開門見山法、設問法等等，這些的確都是好方法，但選擇太多會變障礙，所以不妨把握兩個原則。

這兩個原則是故事與畫面。所謂故事，就是寫出與作文主題相關的事件來點題，這個事件無論是從電影、戲劇、歷史、自身的經歷皆可，都可以拿來運用。故事人人都愛看，所以用故事來寫第一段，最大優勢是吸引力一定夠。

畫面則是把情景重現在讀者眼前，不管是人、事、物、景，讓讀者彷彿也在現場看到，這種寫法很有臨場感，會讓讀者對整篇文章充滿親切感。

如果要我來分類的話，故事型的第一段會比較適合經驗或是議論文類型的題目，畫面型的第一段，同樣適合經驗（尤其是旅遊）與抒情文的題型。

在兩個原則以外，還有一個進階技巧：排比。排比利用三句或以上，結構和長度均類似、意義相關或相同的詞，短語或句子排列起來，達到一種加強語勢的效果。排比會讓文章變得工整，而且更講究用字遣詞，用在第一段，會讓人眼睛爲之一亮，有非常好的加分效果。

當然，可能還是有人覺得這樣不夠。爲了表示誠意，我就再多送兩個救命絕招。

第一招是個萬用第一段。對，跟你想的一樣，所謂萬用第一段，就是什麼題目都能套用。

「如果有人問我×××，我的回答永遠是○○○……。」這就是萬用第一段的寫法，聽起來好像有點好笑，但是這樣的寫法集合了開門見山與設問法的優點，其實蠻老套的，但看起來卻讓人有種很厲害的錯覺。我以〈我的光榮時刻〉這個題目爲例：如果有人問我，我的光榮時刻是何時，我的回答一定是……。根據我的經驗，這可以套用到任何題目上，如果你眞的面臨到寫作的絕境，想不出來該怎麼寫，而且時間又很緊迫的話，這個萬用第一段或許可以成爲各位最好的救生圈。

第二招是跳過。如果眞的沒有頭緒，而且時間又過了很久，不妨先跳過第一段，先往下寫。我相信很多學生在寫作文的時候，都能明白題目的重點在哪裡，但就是不知道怎麼開場。在這種情況下，可以先跳過第一段，留置自己有把握的空間，比如說二至三行，然後開始往下寫，等到寫好之後再回來補好第一段，這樣做最大的好處，便是節省時間，而且在寫作之時很容易想到該怎麼寫好第一段。

最後一段比較麻煩，結局永遠是最困難的。但可以記住三要原則：要大氣、要順著文章走、要獨立出來。大氣就是要讓最後一段的格局與氣勢變得更強；要順著文章走，寫到最後不要推翻自己的論點，不要又提出新的角度；要獨立，不要併在其他段裡，要有明顯的區隔，才能更讓人看出你的結尾。

第一段有救命絕招，最後一段當然也有，就是用一句話來做結尾。這一招是用在你已經沒有多少時間的時候，那麼就用一句話來作爲文章的結尾吧！有寫完跟未完成是兩個不一樣的層次，會有兩個不一樣的下場。所以在最後，眞的快來不及的時候，可以用一句話來作爲最後的結論。

當然，最要緊的還是多看，多學習，觀摩其他人在首尾這兩個部分的表現方式，然後多練習。我希望大家能不需要用萬用第一段的套路，就能寫出屬於自己的第一段，我期待各位，能夠掌握文章的思路，寫出耐人尋味，畫龍點睛的結尾。如此，才能成爲眞正的作文高手。

關於比較這件事

文章寫完了，沒有事了。是嗎？

最後的魔王就在等你這樣想，然後撲上來狠咬一口。人家說，殺人誅心，這魔王就專幹這種事，這個魔王的名字叫比較。

在這位魔王的驅動下，幾乎每天都可以聽到：

我家的孩子作文不如誰？

哥哥寫得比較好？怎麼辦？

為什麼×××的作文寫得這麼棒？

他們一起來學寫作文的，為什麼現在我的孩子不如他？

這些問題常常出現在我的身邊。

當然，這些問題的確會對孩子造成殺傷力。最近就發生一個這樣的故事。我有一個個性飛揚狂傲的學生，我其實挺喜歡他的，很有想法、很有個性，只是比較浮躁，很愛發表意見，這樣的學生只要經過適當的引導，都會有很好的表現。

在經過一年的課程之後，他的文章有了顯著的改變，個性也變得比較沉穩，但父母卻總是覺得他的文章，不如同年齡的其他人，尤其是某一位同學，甚至還為此，跑來跟我討論為什麼會不如其他人的原因。

這位學生是相當有個性的，自然無法容忍父母一而再，再而三的比較，最後在一次劇烈的衝突之後，他就沒有再來上課了。

這種事情其實是常在發生的，結局也總是如此。看到這裡，你大概以為我會對比較這件事進行批判，但並非如此，因爲這麼多年來看到的情況，讓我明白一件事：太難了！要人不比較眞的是太難了！

比較是天性，我深深覺得這是本能。在漫長的物競天擇之中，我們本能地希望自己是「比較」能生存下來的那一邊，所以，比較這件事應該已經成爲我們基因的一部分。

我們會聽到很多人指出，父母拿孩子比較的問題，對孩子會有不一定的影響。我也覺得，拿孩子來比較的確很不好，我自己也碰過很多這樣的情況。但我相信，父母還是會這麼做，因爲在漫長的演化史中，努力在天擇中脫穎而出，進而取得生存資格的競爭本能早已深植在我們心中，驅動著我們要求自己還有下一代。

所以，要求父母不要去比較，是違反人性的，所謂人比人氣死，但人不比人，會憋死人。我再強調一次，競爭本來就是生物的本能，也是演化的動力，大家在一起比誰比較好，這是天性使然。

可能基於自身的成長經歷，或很多專家學者的建議與要求下，很多跟我相同世代的父母明白了比較的缺點。但是，他們嘴上說不比，心裡卻一直在比啊！

我想，除了原始本能以外，制度的影響也是很大的，譬如說，考試。

考試就是一種比較。其實，說眞的，我們的人生就一直在「被比較」中前進，只不過，愈長大，比較的方式會愈嚴苛，結果也會愈殘忍。

如果比較就是人生的一部分，那麼也就沒有什麼好不好的問題。於是我們應該把重點從該不該比較拉回到要怎麼比較才對。

不去比較是一種了悟人生，甚至是超凡入聖的修煉結果，那是很高的修爲。所以我不會要求父母不要去比較，我比較在乎的是比較的方式與態度。

首先是比較之前的心理準備。你要知道你的孩子專長是什麼，弱點是什麼，你要深刻的了解自己的孩子。有了這樣的了解，你就不會去做一些無聊的比較。如果你的孩子籃球打得很好，你就不會要他去跟別人比足球，你會知道要去比的是其他籃球打得很好的人。很多父母最大的問題，是去拿自己孩子的弱點去比別人的強項。

比較的基點不同，結果一定是兩敗俱傷的遺憾。

了解你的孩子之後，接下來是要了解自己：你爲什麼要比較？

這個問題的眞正意義很簡單，也很殘酷，你希望孩子能更好，還是擔心自己的面子掛不住？這很重要，之後的同理心、關係修補等，都必建立在這一個提問上。

能夠意識到這一層，你才能明白自己正在做什麼，自己用什麼心態面對比較這件事，你才能做到同理心。

有了同理心，在你進行比較的時候，你會更在乎孩子的感受，那就會變成是在討論、溝通，而非指責。有了同理心，你會盡量避免採用讓孩子感到受傷的方式、話語來進行比較。基於同理心的比較，孩子會更明白自己未來努力的方向，才能眞正做到「所謂見賢思齊，見不賢內自省。」

但即使是如此，還是有可能會讓孩子受傷，畢竟似懂非懂的他們，心總是非常敏感而容易受傷的。所以要注意關係的修補，一個擁抱，一句鼓勵，有時候，比講大道理更有用。

還有一件事很容易忽略，那就是別忘了被你放到同一個天秤，那位被拿來比較的孩子。同理心不只是對自己的孩子，被你拿來比較的孩子也該如此對待。他値得學習，要孩子向他看齊，這很好；他有些地方做得不夠好，你要孩子避免，但不要讓孩子從此看輕人家，甚至嘲笑人家。比較，不該以傷害孩子爲前提，不管是自己家的還是別人家的。

從了解孩子到了解自我，然後輔以同理心，注意關係的修補，這是比較最美好的過程。

比較是蟄伏在我們心中的野獸，但牠最後究竟會成爲神還是魔？就要看你自己了。

終曲

肯動筆，就是好的開始。

沒有人天生就會做什麼，我們都需要學習的過程，最重要的關鍵，就是開始。這對孩子來說很重要，沒有人天生就是作文高手，所有孩子都必須踏出寫作的第一步。我也必須承認，有些孩子的確得天獨厚，對於寫作有讓人非常驚嘆的天分，但不管是天賦異稟也好，平凡無奇也罷，都需要得到適當的牽引與鼓勵。

在這趟學習的過程中，父母的地位是無可取代的，因爲你們的眼光往往會左右孩子的寫作意願。如果您的小孩視寫作爲畏途，那就不妨試試看解除孩子心中的壓力。隨便寫，是一種暗示，一種鼓勵，看似漫不經心的三個字，其包含的訊息就是：孩子，別怕，你怎麼寫都對，我都喜歡。

當然，你也可以這麼做：爲什麼要這樣寫？這些什麼意義？爲什麼不寫長一點？這很好笑嗎？誰告訴你作文可以這樣寫的？想一想，有多少孩子能熬過這些問號的轟炸之後，還能對寫作保持高昂的興趣？

每個人都一樣，都希望獲得肯定，獲得認同，大人是如此，孩子也是一樣。看著自己寫的文章被接受、認同，他會不自覺得更努力。人，總是會往有掌聲的方向走去。

孩子的寫作之路，決定在你的雙手，你的鼓掌與拍桌，決定了孩子對寫作的態度。

所以，不妨先放下過多的，甚至是不切實際的期待。每個人心中似乎對作文都有一套認定的標準，怎樣寫才是對的，要敘事順暢，要語意清晰，要文藻優美……。我遇過很多家長，他們的程度的確不錯，所以會出現：「我以前作文都很好，真不曉得為什麼孩子的作文會這麼爛。」或者，「這樣的文章能面對競爭嗎？」

我完全明白家長好還更好的期許。但如果你是用這樣的心情陪著小孩寫作文，那你跟你的孩子都會很辛苦。期待，有時很美好，有時很恐怖。對自己的期待，那會是美好的動力；對他人期待，就很容易變成恐怖的壓力。但是父母對孩子的期待，常常屬於後者。

你的孩子會因為你的期待而備覺困擾，你也會因為期待的壓力而讓自己煩憂不堪。這樣的期待就是一種限制，這並不是說你要完全放空，而是去體會孩子正在學習的心情，以更寬容的心態來看待孩子的寫作。

讓孩子自由自在、無拘無束地寫。這是一種幸福。唯有如此，才能讓孩子真心的去喜歡文字，不強迫、不設限，選擇當孩子寫作時的同學。當他遇上挫折時，鼓勵他寫下來；遇上開心的事情，讓他記錄當下的喜悅。時間一久，孩子下筆的文句逐漸能夠拼湊出自己的情緒，就會衷心的喜歡文字及閱讀。

喜歡作文，很多人可能會認爲這只是一句口號，或者只是一句廣告詞，但對我來說，喜歡是一種態度，也是一個起點。

喜歡是一種力量，它催促著你前進，逼著你關注、研究，隨時隨地都在努力提醒自己要提升水準。就像那群七嘴八舌討論電玩的學生，就像熱愛軍事的國中生，就像愛包包的人妻，就像國中時代愛籃球的自己。

這是一句很老的廣告詞：「只要我喜歡，有什麼不可以。」是啊！由於喜歡某一件人事物，人才會得到一種神奇的力量。

對於作文，也是如此。

喜歡作文，才會養成寫作的習慣；喜歡作文，才會努力想寫好作文；喜歡作文，才會鑽研各種技巧，希望提升自己的能力。

所以，不用告訴孩子作文有多重要，不要提醒孩子作文占會考、學測的比重，不用對孩子說許多明星高中對作文設有門檻。這對孩子一點誘因都沒有，我們要做的，就是讓孩子喜歡作文。

這一點也不難！讓作文成爲一種遊戲，讓作文成爲孩子想像力馳騁的草原，多一點耐心，多一點包容，你會看到孩子對於寫作的態度有一百八十度的轉變。從不排斥變成喜歡，你會看到孩子建立起寫作的自信。從喜歡開始，當你的孩子覺得寫作很好玩，從那一刻開始，你就會體會到孩子的進步。

想讓孩子作文有所進步，那就先讓孩子從喜歡開始吧！

Note

Note

Note

Note

國家圖書館出版品預行編目資料

爬進格子，輕鬆寫／曾文正（小麥老師）著.
　－－初版.－－臺北市：五南圖書出版股份
　有限公司，2024.01
　面；　公分
ISBN 978-626-366-212-4（平裝）

1.作文　2.寫作法

811.1　　　112009332

ZX2G

爬進格子，輕鬆寫
打敗作文怪獸就靠這一本

作　　者— 曾文正（小麥老師）
發 行 人— 楊榮川
總 經 理— 楊士清
總 編 輯— 楊秀麗
副總編輯— 黃惠娟
責任編輯— 魯曉玟
封面設計— 韓衣非
出 版 者— 五南圖書出版股份有限公司
地　　址：106台北市大安區和平東路二段339號4樓
電　　話：(02)2705-5066　　傳　　真：(02)2706-6100
網　　址：https://www.wunan.com.tw
電子郵件：wunan@wunan.com.tw
劃撥帳號：01068953
戶　　名：五南圖書出版股份有限公司

法律顧問　林勝安律師

出版日期　2024年1月初版一刷
定　　價　新臺幣320元

經典永恆·名著常在

五十週年的獻禮——經典名著文庫

五南，五十年了，半個世紀，人生旅程的一大半，走過來了。
思索著，邁向百年的未來歷程，能為知識界、文化學術界作些什麼？
在速食文化的生態下，有什麼值得讓人雋永品味的？

歷代經典·當今名著，經過時間的洗禮，千錘百鍊，流傳至今，光芒耀人；
不僅使我們能領悟前人的智慧，同時也增深加廣我們思考的深度與視野。
我們決心投入巨資，有計畫的系統梳選，成立「經典名著文庫」，
希望收入古今中外思想性的、充滿睿智與獨見的經典、名著。
這是一項理想性的、永續性的巨大出版工程。
不在意讀者的眾寡，只考慮它的學術價值，力求完整展現先哲思想的軌跡；
為知識界開啟一片智慧之窗，營造一座百花綻放的世界文明公園，
任君遨遊、取菁吸蜜、嘉惠學子！